时有微凉不是风

高诗尧◎著

中国戏剧出版社
CHINA THEATRE PRESS

图书在版编目（CIP）数据

时有微凉不是风／高诗尧著. — 北京：中国戏剧出版社，2022. 9
ISBN 978-7-104-05277-7

Ⅰ. ①时… Ⅱ. ①高… Ⅲ. ①随笔—作品集—中国—当代 Ⅳ. ①I267. 1

中国版本图书馆 CIP 数据核字（2022）第 171606 号

时有微凉不是风

责任编辑：邢俊华
责任印制：冯志强

出版发行：中国戏剧出版社
出 版 人：樊国宾
社　　址：北京市西城区天宁寺前街 2 号国家音乐产业基地 L 座
邮　　编：100055
网　　址：www. theatrebook. cn
电　　话：010-63385980（总编室）　010-63381560（发行部）
传　　真：010-63381560

读者服务：010-63381560
邮购地址：北京市西城区天宁寺前街 2 号国家音乐产业基地 L 座

印　　刷：北京九州迅驰传媒文化有限公司
开　　本：787mm × 1092mm 1/32
印　　张：6. 5
字　　数：146 千字
版　　次：2022 年 9 月　北京第 1 版第 1 次印刷
书　　号：ISBN 978-7-104-05277-7
定　　价：68. 00 元

時有微凉不是風

用自在笔墨，在自在空间，说自在事物与心情。这是一种状态，也是一种缘分。字里行间，阡陌交通，一派气象。

——祁智（江苏省作家协会副主席）

这些貌似随手写下的文字，能让人意识到伴随其运转的庞杂而有力的知识与思维体系。文字虽多短制，但却是一种令人惊讶的辨认和声音，它们能接通生命经验中的齿痕与闪电，也能抵达文化深处的物象之幻，从而将世界重新置于一种有品质的注视中。

——胡弦（江苏省作家协会副主席）

自序

打开心窗，让爽快的风儿吹入

书稿早早写好了，自序却一直没有完成。

我一直赞同自己的书自己作序，因为自己对自己最了解。谁也不是你，谁也不是神，谁又有义务和神通去了解你呢？

但一个人若想面对最真实的自己，也绝非易事，至少我是不那么愿意的。前几天和朋友一同吃饭，朋友把我介绍给他的朋友。

“这是我兄弟，书法老师，很有文采，还出了一本自己的书。”

“哦？是吗？真看不出来，我还以为他是体育老师。”

这样的话并不很伤人，因为人家是在逗我，何况早在几年前我就已经听到过此类话术，很多时候也质问自己：你一个长得挺焚书坑儒的人，干吗要给自己配一套闻鸡起舞的装备?!

一直想如何写这本书的自序，一直没有思路。编辑老师每天在催，我每天在推。

“明天吧！我发誓明天我一定写出来。”

“希望你明天不要再发誓。”

明日复明日，明日真挺多。

想当初书号难求，每次和编辑老师聊天都是两句一抱拳，三句一叩首，如今合同签订，工作压力反推到编辑老师一方，人家每日发消息：

“高老师，拜托，还请尽快。”

有点像借钱之前和借钱之后。喜欢这种逆袭的感觉。

开个玩笑。

我不得不说这是玩笑，否则编辑老师看了，我的第三本书岂不成了梦幻泡影？

其实也没有什么过多的话好说，想说的话都在书的正文里。在第一本书出版后，拿到样书当天，我在电脑桌面上建了一个新的文件夹，取名为“第二本书”，这就是缘起。当时是2018年底，几年间，读书、写文章成为生活的常态，三年后，有了今天这本。

一切都是自然而然。

说起这本书和上本书，谈起现在的自己和三年前的自己，并没有多少变化，唯一的区别，可能是自己对文字的驾驭能力稍好了一些，心态更加放松，更愿意表达自己内心深处的一些真实的东西，也没那么在意外界的观点了。有句话说得好：“向外走，你会做梦。向内走，你会觉悟。”非常有道理，心不禁，得自由。

莫向外求。我们无法做到让每一个人满意，因为人是如此奇怪的生物，捉摸不定，37℃的天每个人都喊热，但是37℃的人却说抱就抱。

哦，这个时期，37℃属于发热，要小心了。

所以，还是打开心窗，吹吹风，降降温吧。

在其位的这个明啊公，且听我给您吹一吹。

目　录

一　文艺那些事儿

文艺，指文学和艺术，说起来话题有点大。对于我来说，文艺就是狭义的概念：读闲书、写文章和写字。

写文章和写字换不来钱，读闲书也不能当饭吃，文艺那些事儿，好像都是“无用”的事儿。

但人生不单单是吃饭。人在饥饿的时候，只有一个烦恼，而一旦吃饱了，就会产生无数个烦恼。

文艺是那个可以解决无数烦恼的东西。

以书法为人生的出发点，进而寻找人生的落脚点

——抱云堂读书会学习心得

不觉间抱云堂读书会的课程渐近尾声。老师们精彩的讲解、书画院工作人员的辛勤付出、同学们毫无保留的分享，使我几个月的周末时光异常充实。非常感谢抱云堂书

院和本期读书会的每一位成员，这段经历，我将永在记忆中珍藏。

书法是能让人平静的东西。每当我面对笔墨，心情就变得极好。在书写的过程中，我忘却了城市的喧嚣与一切烦恼，心中的情感都寄于那一点一捺之中。

近些年，书坛对“丑书”这一话题讨论颇多，众说纷纭。我想，关于书法，关于一个人的字，恐怕远远不能单纯地以“好不好看”的标准去评判。书法作品，是一个书家对笔墨技法的传承，也是其创作意识、创作情感的体现，更是其品格、情操与人生追求的表达。不同书法家用笔功力有深浅，取法有不同，审美水平有高低，然而除此之外，透过作品本身，书法家的品行与信仰，更应在这个浮躁的时代成为人们关注的焦点。

杜甫曾留下这样的诗句：“名岂文章著?”的确如此，文人和艺术家的名声又岂是单纯地靠词句和笔墨线条造就的呢?我们取法历代名碑名帖，更重要的是学习古人高古的气息，让自己的心与古人的心相应。《菜根谭》有云：“人之大节一亏，百事涂地。”又有古语云：“君子虽陨，善名不灭。小人虽贵，恶名不除。”此二句似乎都在告诉我们，无论想扬名当下，还是流芳千古，都不能放松对自身德行的培养。

在十几节课的学习中，给我印象最深、心灵触动最大的课程是言恭达老师的第一次授课。在《书法文化的哲学意蕴与美学精神》这一讲中，言老师讲到了人生之路——闻道、问道、明道、传道。当时听到这样的讲话，霎时心中产生强烈的共鸣。记得那天中午，和沈彧一同午饭后，在美术馆门前看尚荣老师的雕塑，吴为山馆长题字“问道秋山”，我还打趣地说：“问道，这才到了第二个阶段呀！”沈彧哈哈笑着说：“哟，你记得真清楚！”

人生本没有意义，需要的是我们为之确立一个意义，是只自己活出精彩，还是在具有一定能力之后尽己所能服务更多的人，这实际上是一种人生的抉择。

我想，这一抉择，对于学书人非常重要。独善其身，还是兼济天下，既是一个人人生的出发点，也是一个人人生的落脚点。古语云：“穷则独善其身，达则兼济天下。”有人将此句解作“穷困潦倒时，就顾好自己，升官发财了，就帮助他人”，当然没错。但若我理解，这“达”与“穷”，不仅指个人境遇，更多可指社会环境。如今，我们的国家是繁荣、富强、民主的，大环境可谓“达”，因此，我们是应该在努力提升自己之后积极做事的，是要有一定奉献精神的。

“人生的落脚点一定是回馈社会。”这句话是言老师讲座上的原话，我想，这句话，我会深深刻在心中，并用一生践行。

（2020 年秋，有幸进入言恭达老师的抱云堂书院读书会学习。读书会主讲老师均为中国书法家协会、中国文艺评论家协会的专家）

笔墨春风

——“笔墨春风”南京市青年书法家协会提名展·序

江南盛景，以春景为最。春景之佳，在于“美且易逝”，这易逝的美，给了人无限的希望和遐想。金陵四季，春秋短暂，冬夏绵长，在寒来暑往间，春风只偷得须臾，她不曾驻足，唯留下一颦一笑，一次回眸。

然而，正是那一颦一笑，最是摄人心魄！

也正是这一次回眸，让文人着了最多最好的笔墨：

千里莺啼绿映红，水村山郭酒旗风；玲珑楼阁江城晚，杨柳丝丝凝碧烟；绿杨烟外晓寒轻，红杏枝头春意闹……诗词、曲赋、绘画、书法，文人们借此抒情，为的是表达对春的热爱，更为了让春之美永驻心底。

但是春天的意义，绝不限于纯美。春华秋实，一年之计在于春，春天，是新一年的希望和收获的缘起。

本次书展，适逢元旦，是农历春节的前奏，参展艺人均来自南京市青年书法家协会，是年轻的书家。人们庆祝春节，为的是岁末沉甸甸的收获；青年艺人笔耕不辍，为的是艺术作品的成熟与厚重。这一切，都与春之活泼、烂漫、蓬勃，且不失脚踏实地的耕耘深深契合。因此可以说，此次展览实为顺其自然，让该发生的事情发生。

几年来，南京市青年书法家协会在吴勇主席及主席团成员的领导下，广大会员积极参与协会活动，从展览到沙龙，从学术讲座到各类公益事业。青年书法家们将对艺术和生活的热情付诸笔墨与实践，这使得南京市青书协成为南京甚至整个江苏地区一支非常活跃和颇具影响力的艺术团队。

展览之际，参展书家们一如既往践行协会宗旨。除奉上精心书写的作品外，还将与观众们共度新年，现场挥毫，迎春送福，同大家一起，和春天做一番笔酣墨畅的交往。

青春墨动。笔墨之间，自有春风消息。

（2019 年元旦，与吴勇、朱凯、陈鹏、杨发勇、魏晋、夏凯宇几位老师举办展览，并为展览作序）

事物本身从来没有迷惑过我们

昨天，高考语文全国二卷的作文题目在书法圈引发了震动。作文分数 60 分，堪称高考试卷中最大的一道题，就这样在辛丑夏月与书法产生了紧密的联系。

作文题目一经公布，便出现了许多声音，较多的声音是“国家对书法越来越重视，是好事”，也有不少书法家和书法教育工作者，对题目材料中给出的书法知识、运笔方法提出了疑问。

这几年偏爱写作，故而对高考语文的作文题目都很关注，但我从未在作文材料本身的正误上过多纠缠，今年亦然。从小到大，我们经历过无数篇材料作文，老师从来没有告诉过我们要在纠正材料上下功夫，这是好事还是坏事？我没有智慧评判。

我想，倘若时光倒流，回到十几年前，我正坐在考场，我应该会挥汗如雨地答卷，规规矩矩地作文，选择一个四平八稳的立意，依靠自己稚嫩但还算流畅的文字，争取一个能让我继续有书读的分数。

而如今，我再没有升学的压力，面对这样的作文题目，面对大家对此作文的反应，我有些不一样的话想说。

单从作文所给材料来看，其本意断然不是让我们学习书法，而是通过书法，与做人联系到一起。如果我们能从逆锋中悟出以退为进，从中锋中品读出不堕两边的人生智慧，其启迪意义当远超书法技法本身。

从小做题时，老师对我说得最多的一句就是："要领会出题人的出题意图啊!"那时执拗，从不听劝，自己不曾专注答题，却常常在找出题人毛病上下功夫，陷入自己思维的小圈子。这直接导致我后来成长的相当长一段时间都听不出别人话里的真实意义和弦外之音，年轻时曾经有女孩对我说"你少来"，后来我才明白，她说的"你少来"不是让我真的少来，而是和我撒娇。

笑谈之后，回归正题。我想，在专业领域，当有求真求实的探讨，但在文化的推广和传播上，应不拘小节。很多传统行当和技艺，在传播速度如此迅猛的时代，本应绽放出新的光辉，结果却逐渐湮没与销声匿迹，这某种程度上与其从业者自身的锱铢必较不无关系。在整个日本几乎所有小学生都会写毛笔字的时代，中国很多人竟然连毛笔都没有摸过，这不得不说是一种遗憾。

又想起几年前落户南京的晓书馆，当时“晓书馆”几个字的造型就曾引发很多书法人的非议。我经常想，我们是不是所有带有一点点汉字影子的东西都必须和书法建立联系？我们以书法的立场去评判一个充满流行元素的字体设计，到底是对书法的尊重还是贬低？行业外的人会如何看待这个书法群体？最终对书法的传播是否能产生积极的意义？

这是个挺深奥的问题，我没有找到答案。我只知道锅里面有，碗里才能有。书法这口锅，目前还太小太小，在连书法麸糠都没有吃上的年代，追求精米白面有些操之过急。

在文化的传播上，佛法做得非常有智慧：众生喜欢美丽优雅，就有摩诃迦叶拈花一笑的典故；众生希求神通和智慧，佛陀就培养出了目犍连和舍利弗；众生拜服庄严雄壮，就建造佛塔佛像；众生偏爱空灵，寺院就奏出梵呗；对待听话的众生，可以让他诵经吃茶；对待顽劣的众生，就棒喝。众生需要什么，佛法就变出什么。一千个人眼中，可以有一千个佛陀的模样。

但佛陀不会在意众生如何看待自己。

曾经读过一篇文章，题为《只有不计面容的人才会直指人心》，里面有一句话很好：“枷锁之下，要么打开它、挣脱它，就此获取自由。要么碍于能力和勇气继续在枷锁的统治下身不由己。”其实我们每个人都背着一个隐形的枷锁，这个枷锁可能是你的社会阶层或经济收入，也可能是你的专业背景或伦理关系，但更多时候，这个“枷锁”来源于一个非常微妙的、不易察觉的“自我”。

和朋友聊天，他提出："我们是否应该打破这个枷锁？"我说："我们真的勇于或愿意打破这个枷锁吗？因为它看起来是那样迷人，大多数时刻，我们并不认为这个枷锁带给我们的是束缚，而认为它是一种保护。"

还看过这样一个故事：

> 从前的印度有一个国王，他的宰相唱歌给他听。
>
> "每一个人，连国王都是瞎子。"宰相这样唱。
>
> 国王听了很生气，他想知道宰相为什么唱这样的歌。
>
> 于是宰相用一块布包住自己的臀部和腿。
>
> "哦，他穿了一条裙子。"大家说。
>
> 宰相又用这块布包住头部。
>
> "现在他戴了一顶帽子了。"众人说道。
>
> 宰相又把布绕在了颈部。
>
> "哈哈，有趣的围巾！"每个人都这样说。

如果让我写今年的高考作文，我想写一篇跑题作文。也许我愿意这样选择该篇作文的中心思想：对于一些事情的评判，不一定非要代入自己固有的专业领域和逻辑体系。如果能跳出自己的经历和立场看待问题，也许就会有另一种解读。

拥有这样的见解并不是为了帮助我们更全面地认识这个世界。三千大千世界，无量无边，多一点的认识也不过九牛一毛，但这见解可以让我们从某种所谓的叫作"真理"的观点中出离，这能使我们的头脑和心灵收获另一种清醒与自由。就像大成就者帝洛巴说的那样："并不是现象迷惑了你，迷惑你的是你对现象的执着。”

整理旧文有感

——写作的背后

起床准备早饭，全麦面包，切几片西红柿夹在里面。过年几日营养太好，要开始以实际行动忏悔。

岁月是把杀猪刀，生活中让人油腻的对境一个接着一个。体胖者未必心宽，如果自己的身心没有些许清醒与觉知，大多数人的心情会和身材一样，随着时间的推移，变得愈来愈糟糕。

坐在电脑前，边吃面包，边整理自己的文章。

2018 年末出版了人生的第一本书，其中收录了自大学起十年间的 38 篇随笔，回头想想，自己也颇感际遇神奇。两年过了，又有了 40 篇新的文章，可见写作的输出速度提升了许多，这说明写作已越来越成为我生活的一部分。

一篇篇翻阅。

这些文章虽然不是以日记的形式完成，却也记录了彼时的人事与心情，串起了过往的岁月。不禁回忆与思索：这些文章是怎样诞生的呢？在这些写作中，我用了哪些工具，何时何地有何种因缘让我有了写它们的冲动呢？我是否养成了某些习惯，写作于我，有什么意义呢？

一、喜欢与爱——先手写，再打字

关于文章创作，是手写还是电脑打字，一直有两种不同的声音：键盘手认为时代进步了，手写稿耗时费力，也不环保，应该直接初稿就从电脑上开始；手写人则说机写的文章没有生气，写作过程中也无法随心所欲，应该先手写、修改，定稿后再电脑录入。

曾经读过一本美国作家的书，名为《写作的诞生》，里面说："写两个极为相似的想法，一个机写，一个手写，将二者比较。如果键盘打出来的生硬，那就说明机器写作不适合自己。"

这是一个不错的建议。

而我是一个走中道走惯了的人，如果一件事出现了两种不同的方向，我往往会两种并用，不断调整天平，找到一个最适合自己的平衡点。在我的体验中，写作是情感与理性的混合体——想要用文字进行表达，是一种本能的冲动和欲望，是非常原始的，没有遮掩的状态。而写作又不同于行为艺术和即兴演讲，文字一旦落地，便应该在激情之上附着理性的光辉。

以随笔类文章而言，起始的迫切表达，即初稿，应该由手写完成，因为手写便于直抒胸臆。这个阶段是不需要写作技巧的，甚至连提纲都不需要。键盘敲击文字是在第二阶段，这也是修改的过程，将热情的文字进行梳理和加工，争取其达到一种既让自己舒服，又让读者满意（至少不要不适）的状态。

有句话说得很好："如果喜欢，就会放肆；如果是爱，就会克制。"是非常有道理的。儒家讲"发乎情，止乎礼"，写一篇文章，手写时可以肆意挥洒，字也不必美观，这是对自己性情的珍视。电脑录入修改时则要谨慎，逻辑的梳理，语言的表达，包括错字、标点这些细节，在保护创作初心的同时，让文章的野性有所收敛，呈现出书卷气的一面，这是对他人的尊重。

如果一篇千字左右的文章，手写的初稿大约四十分钟，电脑边录入边修改四十分钟，整个过程不超过两个小时，这速度并不算很慢。

二、随遇而安无不可——写作的外缘

写作需要内缘和外缘。我理解的内缘是心，是写作的愿望和能力，而外缘则有很多，如环境、遇见的事情、他人的文字……

有的人喜欢在阅读后写作，这是个先输入再输出的次第，没有问题，也有人在写作前不读书，以免自我文思受到干扰。有的人写作时必须要有安静的空间，比如图书馆、放着轻音乐的咖啡厅或在自己的书桌前，如此这般才能激发写作的欲望，有的人则喜欢到喧嚣的街头寻找灵感。

对于外缘，我大多时刻是随遇而安的：如果当天不想出门，恰好又想写点东西，就会坐在书房，打开台灯，想到哪儿写到哪儿；如果要外出，也许在公交车上看到一些风景，或者手机上读到了什么，或者在电影院中被某一幕触动。这些时刻大多是没有纸笔在身边的，这是没有办法的事情。但是灵感来了，不能等待，就用手机写下初稿，回家后再落到纸上二次创作。

有的时候，文章会一气呵成，不需要查阅任何资料，自己也觉得文章比较完整，那就定稿；如果忆起之前读过的某个精彩段落或金句，适合文章，就用上；如果感到文章比较单薄，需要引经据典使其丰满，就翻书。

林语堂先生在《京华烟云》中写过："随遇而安无不可，人间到处有花香。"我颇有同感。在写作的外缘上，我十分赞同随遇而安、随缘创作，因为写作本身不必刻意，应该是真情的流露和真心的表达。

三、写所经历，还是经历所写——写作与生活

有句话说："写作来源于生活，又高于生活。"这是在谈写作和生活的关系。主观意识来源于客观存在，如果你是这样哲学观点的笃定拥趸，那写作的确不应该也无法脱离真实的人生。

然而于一个深爱写作或艺术创作的人来说，有一个千古难题——我们到底应该怎么做？是要原原本本地用文章讲述我们所经历的生活，还是原原本本地经历我们文章中讲述的生活？

这其实是一个很现实的问题。因为有的人本就有不平凡的人生际遇，写出来就是一场好戏；有的人生活平淡，写出来的文章也淡而无味，即使他有不错的写作技巧，仍会让人感到华而不实；也有人有很高的见解，在他的作品中，他创造了更美更纯粹的世界，这个世界让自己和读者向往，并寄望在实际生活中再现。

蒋方舟曾经说过："这个世界对有一点点才华的人是最不公平的。因为这些人已经看到了世界的种种无趣和弊端，他们无法再流俗于众，但其才华又不足以改变这个世界。"

早在十几年前，我就思考过这些问题，然后问自己，我将何去何从？这些年我渐渐找到了自己的立足境——如果说写作，我是应该要写日常的现实生活的，但在这平常中，我可以有稍稍不平常的体悟，可以有些自我的，并不一定十分大众的观点和表达。在实际的生活里，要遵循自然的、人类社会的一般规律，但如有因缘，也可以稍微向自己心中、文中讲述的世界靠近和推进一点点。

既尊重大众秩序，也取悦自我。我们既可以经历我们热爱与讲述的生活，也要热爱与讲述自己正在经历的生活。写作人可以和大部分人一样，热爱寻常巷陌、人间烟火，也可以在一个不为人知的角落，开一朵只属于自己的小花。

四、理想与欲望的区别——对我来说，写作的意义是什么

有一些职业写手完全可以靠写作谋生，更有才华与财运出众者能赚到不菲的稿酬，甚至成为作家、社会名流。而更多的写作人则正奔跑在以此为目标的异常艰难和不被理解的奋斗路上。

成为作家到底是理想还是欲望？如果把这个命题扩大一些，不仅限于写作领域，理想和欲望有什么不同？理想高于欲望吗？或者说在这个功利的时代，理想和欲望压根儿就是同一个东西的不同称谓？很多人能写很好的文章，有很高的专业水平，但在面对这个问题时，都迷茫了。

理想和欲望，在我个人心中，一直是有着非常清楚的定义和区分的。我理解的理想，是做成一件事，一件可以让人几十年如一日做的事，在实现这个目标的过程中，一个人可以付出许多，他不在乎眼前一城一池的得失，不在乎别人的眼光。能把这件事做好，或者说一直在为做好这件事努力，自己就很满足，除此之外再不需要其他的回报。而欲望则是通过做一件事得到其他的东西，比如钱财、名声、地位，做事情本身不是目的，只是获得利益的手段。理想和欲望两者是有交集的，有融汇之处的，并不是完全割裂的，但也绝不是可完全混为一谈的。

写作于我，应该是理想大于欲望。能写出一本书，我很开心，书如果能有销路，我也很开心，文章如果能得到他人的认可，通过文字能与更多的朋友结一份善缘，我也很开心。但最重要的是，我在写作之前，想到自己还能写作就很开心，从写作的过程到文章完成，我都在一种快乐和满足的状态之中。

其实不管怎么写，写什么，能否成名，最重要的是这样一种状态，让人感到充实。有人说，生活不是你活过的样子，而是你记得住的样子。的确如此，活着，就是一个个无可替代的日子的累积，是写作让我的生命变得丰盈，是一篇篇文章让我生命的每一个日子变得无可替代起来。

墨润童年

——“墨润童心”书画展第一回·序

七岁学书，拜入焦宝成老师门下。焦老师是鹤城著名书家，现为中国书法家协会会员，齐齐哈尔市书法家协会副主席，教授。幸得先生启蒙，我的童年一直浸润在书香墨色之中，可以说，是书法，伴我度过了大部分童年中独处的时光。成年后，更加感恩。感恩水墨陶冶了我的心性，感恩那一次次笔和纸的接触，让我能够体味到一种世人难得的深入心田的宁静喜乐。

人的一生，应该在快乐中度过。

孩童时期更应如此。古人描绘童年的诗词很多，多是关于田园生活和孩童玩乐的情景：“牧童骑黄牛，歌声振林樾”，“儿童散学归来早，忙趁东风放纸鸢”，“小娃撑小艇，偷采白莲回”。可见，童年是纯真的，亦是欢快的。

然而，古代的孩童，也承载了家庭的期望，他们不只疯玩，有条件的孩子，同样要接受好的教育。古时的书法课叫作“书学”，课堂上先生教授识字、写字、诵读经典等内容，课程有点类似今日语文课与书法课的结合。先生要求严格，戒尺不离手，孩子们亦抗压能力较强，打得骂得，正是在这样的教育环境下，中国出现了一大批文人墨客，有了被我们传为佳话的醉翁、东坡，有了为南京人熟知的金陵王谢。

其实古人读书习字并不是一件轻松的事儿。囊萤映雪、凿壁偷光的艰苦自不必说，程门立雪更是让我们了解到古人拜师学艺的不易。彼时，往往只有有钱人家的孩子才能得到良好的文学与艺术教育的机会。相比于此，今日的孩子，何其幸福！“旧时王谢堂前燕，飞入寻常百姓家。”今天，想要学习文学、书画已经非常容易了。

如今的孩子是幸运的，而能在星空书画苑学习的孩子则是幸运儿中的幸运儿。我觉得，星空书画苑，“星空”这个名字取得好。几年前，自闭症儿童有了一个浪漫的名字，叫“来自星星的孩子”。其实，艺术的求学之路，也正是一条略孤独的，并不那么容易被人理解的路。但正是这样的路，却充满了无限的魅力和可能，坚持下来的孩子，将不再是“来自星星的孩子”，而是未来能打动更多人、收获更多粉丝和知音的真正闪亮的星。

凯宇兄是星空书画苑的创始人，他自幼习书习画，大学就读于南京艺术学院，有扎实的艺术功底，这一点，早已被前辈、同行、学员们认可。其“书画双修，从小培养孩子作品意识”的教学理念亦甚得我心，加之他对艺术教育的深刻理解和工作热情、对孩子的喜爱、对学员的重视和对家长的尊重，其口碑自然不胫而走，扩散开来。

今天，星空书画苑为学员办展，出作品集，这对孩子们来说，是非常好的展示和鼓励。作为凯宇兄的朋友，同样从事艺术工作的我，由衷地感到高兴：既高兴友人取得了骄人的成绩，更欣慰孩子们能得到良好的培养。我分明看到了一个个小的东坡、羲之，挥毫泼墨、彬彬有礼，又好像看到了未来的一群文人雅士，衣冠楚楚、曲水流觞……

再次祝福星空书画苑的孩子们。笔墨年华，童心相印。我想，有书香墨色相伴的童年，大抵是一个人一生中最幸福快乐的时光吧。

（朋友书画馆为学员办展览，嘱我作序）

笔墨清欢

——“墨润童心”书画展第二回·序

去年仲夏，羲墨拍摄宣传片时，我为其撰写了旁白的文字：“优秀的理念，优良的师资，优美的环境，三者于此合和。这里有笔墨的跳动，这里有青春的体温，这里是寻梦的起点，也是求艺的乐土。”为宣传片配文，当然是赞美为主，而今观之，羲墨确是做到了，当年意在夸奖的言语与如今的现实毫无违和感，更多是恰如其分了。

今天，羲墨五岁了，墨润童心书画展览亦进入第二回，我也又一次有机会为羲墨的展览写点东西。

有一句诗：“走着走着，就散了，回忆都淡了。回头发现，你不见了，突然我乱了。”人世愈久，愈感到缘分的珍贵，师生间、求艺者与艺术之间，一切人、事、物的美好关系若能长久，一定是需要智慧的经营、精心的呵护和笃定的坚守的。

三年前，我与凯宇兄相识，彼时他的事业刚起步，羲墨也只有丁家庄校区一处，跟随他学习的孩子不过十几名。三年过去了，羲墨已拥有三家店面，学员人数达到几百人了。三年之间，我在实地和朋友圈中，看到了羲墨人的辛勤付出：寒冬深夜出摊宣传，节日活动筹划，集体备课教研，邀请名家讲座……仿佛永不知疲惫——那是一群真正做事业的人该有的模样。

今岁疫情，诸多行业一整年都在严冬中度过，校外培训行业更是如此。不少机构未能逃过此劫，纷纷闭店，余下的大多也是求稳，不敢有太大的动作。包括非常多的教师，纷纷转行，寻求体制的保护，此情此景，令人扼腕。

羲墨仍在坚守，还在仙林万达茂新开了一家校区。当时对凯宇兄的决定就颇赞同，回头想想，怕因自己亦是自由职业者的身份，也是坚守者之一吧。如今羲墨新校区平稳运营，令人随喜和赞叹。忽然忆起泰戈尔的那句诗：“信念是鸟，它在黎明仍是黑暗之际，感觉到了光明，唱出了歌。”很多时候，帮人走出困顿，走向成功的，未必是当下已完全具足的客观条件，而是坚定不移的信念。

人人心中有盏灯，弱者随风即灭，强者经风不熄。这也是艺术带给人的独特的品质。

能坚持学习艺术的孩子，是非常有福气的。文艺不同于其他学科，孩提时代的艺术学习未必能直接帮助升学，成年后即使深入其中，在某一艺术门类中做出些许成绩，亦未必能从根本上改善一个人的物质生活。文艺的全部功德，在于其对人内心的淘澄和对人精神的滋养。

陈丹青老师在文章中曾写：“美国上流圈子笑谈一组方程式，另有几分真意在：穷人想当白领，白领想当资本家，资本家想当贵族，贵族想当什么呢？——竟然是艺术家。这其实不是在说想当谁，谁想当，而是到头来，你看清楚、想明白，还是当个艺术家最自在。”对于这段话，一直感同身受，自能生羽翼，何必仰云梯，能有幸爱上艺术的人，已经拥有了无尽的财富。艺术教会人感知美和幸福的能力，带给人别样的欢乐与自在。

生活本没有许多轰轰烈烈，大多数时候是平淡甚至有些无趣的，这索然无味的时光要如何度过？我想，如果有一张桌、一支毛笔、一方砚台，或是一副画架、一本画册和缤纷的油彩，那么，这吹不出褶的平静的日子也可以闪光。

（朋友书画馆为学员办展览，嘱我作序）

叶子红了

——“心无挂碍”写经展·序

佛经最早是以梵语示人的。在六道轮回当中，天人、阿修罗、人、旁生、饿鬼和地狱，最高的一道是天人，梵语是天人的语言。佛在讲经说法之时，选择了这最高一道的语言以彰显威德。后来，很多翻译师又将梵语经文译成了其他的文字。

如今，梵语正逐渐消失，即使在印度也早已不是人们日常生活交流的用语。据统计，在 2001 年时，仅有 1.4 万人掌握该语言，这一数字而后逐年降低。

所幸很多佛经的汉文和藏文译本已经留存了下来，其中最重要的就是《般若波罗蜜多心经》。

释迦牟尼佛在即将示现涅槃的时候，曾将大、小乘的八万四千法门交付阿难，并郑重告诉他：“如果你把除了般若波罗蜜多之外的法门全部忘掉和损坏了，我也不会责怪于你。但如果你把般若波罗蜜多当中的一个偈颂丢失了，我就要怪罪于你。”

由此可见《心经》的殊胜。

资料记载，《心经》前后共有十多种译本，收藏于《大藏经》中的有七种，而最为大众熟知的有三种：

一是大名鼎鼎的翻译师鸠摩罗什所译的《摩诃般若波罗蜜大明咒经》。在文学作品中，鸠摩罗什大师被描写得很有传奇色彩，是一个比仓央嘉措还迷人的修行者，因世人对鸠摩罗什本尊的好感，其翻译的《心经》亦是备受推崇。

还有一版本，为法成法师由梵译藏，又由任杰老师由藏译汉。这一版的文字比较多，其开篇用到“如是我闻”，收尾出现“皆大欢喜，信受奉行”字样，因与其他佛经行文风格一致，格式严谨，故此有人认为这一译版应该是最完整和权威的。

而最著名的版本当数唐三藏法师玄奘所翻译。该版通篇共计二百六十字，文字精简，朗朗上口，直指佛法奥义，是在汉地流传最广泛，也是被书法家们抄写最多的一个版本。

自古以来，以《心经》为题材进行书法创作屡见不鲜，而是否有意乐和智慧深入经藏，研习与领略经文要旨，全凭个人因缘。但无论如何，写经有很大的功德：在抄经前，书法家们往往沐手以示恭敬，书写过程中，因怕出错而全神贯注，这些行为本身就是一种对心性的淘澄。

上面是对《心经》和抄经的一些简述，但其实我并无意让此次展览变得那么严肃和佛系。何况初冬已过，栖霞山的枫叶已红了，此时若不能闲散怀抱和放浪形骸，那是极不合时宜的。

如星爷的经典电影《唐伯虎点秋香》中唐寅的台词：“吟诗作对，本是消遣娱乐，今日穿肠兄对到吐出几十两血来，实在佩服。”无论是书法创作，还是借用佛法的智慧加强修养或调息内在心境，都应该在一种放松和愉悦的状态中进行。

所以我想讲一个段子：

“师父，山上的枫叶红了。”

"它自红便是，与你何干？"

"如果一年四季都是红叶，该有多好？"

"徒儿啊，一切你想控制的东西，反过来都会控制你。不可执着啊！"

"反正红叶就是比绿叶和黄叶美。"

"你分别心这么重，怎么远离颠倒梦想呢？"

"师父，我现在还不想究竟涅槃啊。"

"南无。感谢提醒，你比为师修得好。"

顶礼栖霞古寺，毗卢宝殿中的毗卢遮那佛像仰之弥高，千佛岩中万德庄严。漫步栖霞山，石板路有微风，白围巾在半空，身边落下让人留恋的红。面对这千年古寺和漫山通红，不妨吟出那句"揭谛揭谛，波罗揭谛"，再问一问自己：

红尘滚滚，心静安否？

（2022年初冬，与吴勇、朱凯、陈鹏、郭雯、汪峣、夏凯宇、潘娇娇、胡妍雯几位老师在摄山栖霞古寺办抄经展，并为展览作序）

我思“无我”在

有句名言，路人皆知，曰“我思，故我在”，其意在鼓励人们多动脑、勤思考。从这一层面来说，此句话是有积极意义的。然而，倘从另一个角度观察，这种话语容易使人夸大自我的存在，加深对自我的执着。

当今时代，生意人要独占市场，学者在争取专利，连公共场所都出现了 VIP 贵宾专属区域。步上街道，形形色色，走入商场，满目琳琅，无一处情境不在为人们强化着“自我”意识。现代社会，人人追求自我，讲究个性，但是否有人想过，正是这被现代人关注、宠爱的“自我”，其实给我们带来了非常多的痛苦。

据悉，艾滋病并非完全无法医治，只是由于其治疗药物的费用昂贵至极，绝大多数人因无法负担而被判死刑。但药物价格的昂贵不仅仅源于药品自身，而是由于专利权所致，因为患者每购买一次药物都要向专利拥有者支付高额的专利费用。发明药物，其初心应为治病救人，现实结果却被人的欲望推向反面。再想想近年来的自然灾害，国家、教派间的战争，小到人与人之间因嫉妒、嗔恨而引发的犯罪，无一不是“自我”观念过于强烈所致。因“我执”强而贪念起，因贪念增而痛苦生，如此种种悲剧，正频繁地在这个被我们称作“发达时代”“文明社会”的时空中上演。

基于此，我想，每一个有思想、爱思考的人是否应该换一个角度，做另一番思考："无我"的观念是不是一种更大的智慧？具有"无我"的精神和生活状态的人是不是可以令我们的社会变得更好？

在佛教中有一个观点：一切的快乐，都来源于渴望他人获得快乐；一切的痛苦，均来源于期望自己获得快乐。佛陀经常教导追随他的人，要有"无我"的观念，两千五百年过去，佛陀的教言仍然非常有现实意义。当一个人忘记了自我的饥寒冷暖，不再计较个人的名利得失，放下自己以往的习气和观念，以开放、包容、利他的心态生活，其身心就自然地在这个尘世的烦恼中出离了，也就不再被痛苦所缠绕。

凡事一体两面，一个人若有了很强的出离心，便不可能再有很强的贪欲心；一个人若具足了完整的利他心，就不可能再有很强的自私心。真心利他，我想，这才是一个人自身价值最大化的体现，才是最真正的"我在"。

如此，若想得"我在"，必先修"无我"。个中滋味，有缘人慢慢体会吧！

江湖梦远

——张纪中《人在江湖》荐读

有人说写文章、写书是作家的事。作家又大抵分为两种：一种是职业作家，以文艺创作为生计；另一种是业余作家，虽不专职写作，但亦将写作当成生活的重中之重，投入了大量精力。

除此之外，还有一种奇人异士，他们完全是另一个行当的从业者，且在本行业成就斐然，也似乎从未把写作当成生命的一部分。但因此种人拥有非凡的阅历和积淀，还有过人的智慧与才情，待到因缘会遇之际，一旦伏案创作，其文思便如井喷般一涌而出，继而又如江河般流淌千里。

此类人本无跨界打劫之意，其文字却实实地打动了读者之心，成为跨界中的赢家。

张纪中导演就是这样的人。读了张导的书《人在江湖》之后，很多读者都产生了如上的共鸣。

《人在江湖》由江苏凤凰文艺出版社出版，书籍上架后被归为中国当代文学一类。

作者张纪中先生是我国著名的制片人、导演。外表不羁、形象颇有江湖气的张导曾就读于中央戏剧学院，是名副其实的学院派。在张先生40余年的职业生涯中，其以演员、导演、制片人的身份给观众带来的优秀影视作品不计其数。这些影片中，最具代表性的当数江湖和武侠：从老版的《三国演义》《水浒传》，到《天龙八部》《笑傲江湖》《神雕侠侣》，再到《侠客行》《书剑恩仇录》，无一不是脍炙人口的作品。

正是这样一位导演，2019年的盛夏又在文字圈里惊艳了一回，为热爱文字的读者们奉上了一部同样堪称经典的随笔文集——《人在江湖》。

“这本书中，我回顾了过往，回顾了我行走的江湖。人生的历程，总是从有限生发到无限，又从无限落实到有限。”作者用这样的脉络，串联起全书，串联起自己心中的“江湖”。

说起“江湖”一词，很多人会想到这样的文字：“泉涸，鱼相与处于陆，相呴以湿，相濡以沫，不如相忘于江湖。”这句话是《庄子·大宗师》的原文，也是“江湖”一词可查的最早出处。从此，“江湖”在华夏大地传播开去，引申出各种各样的含义，“江湖”中也留下了不少精彩动人的传说。

每个人心中都有一个“江湖”：有人认为“江湖”就是自然界广阔的大河，如叶燮《原诗·外篇》云：“大之则江湖，小之则池沼，微风鼓动而为波澜，此天地间自然之文也”，又如姜夔《白石诗说》云：“波澜开阖，如在江湖中，一波未平，一波已作”；也有人把“江湖”视为人类社会的形态，映照着世故圆滑，如曹孟德《让县自明本志令》言：“江湖未静，不可让位”，又如苏辙所言：“流落江湖东复西，归来未洗足间泥”；也有人借“江湖”比喻归隐，如阮元《小沧浪漫笔》曰：“鱼鸟沉浮，水木明瑟，白莲弥望，青山向人，至此者渺然有江湖之思。”

无论怎样理解，都有道理，但也都不全面，也实实无法全面，因“江湖”一词承载的语义和情愫着实太多。若说一千个人心中有一千个哈姆雷特，那一千个人心中想必会有一万个“江湖”了。

在《人在江湖》这本书中，张纪中先生谈到了这本书的写作缘起，更谈到了他心中的江湖：

这两年我给了自己一个慢下来、沉下来的机会。远离了诸多纷乱事物、喧闹尘嚣，我把自己“隐”在江南的别院中，审视过往种种，淘澄自己的内心。我不再似从前急赶紧行，攀登冲锋，但作为一个江湖人，脑中所想、心中所系，总是江湖事儿。

人在江湖。这么多年来，除却几十场为创作作品而人聚人散、攻坚克难的行动轨迹之外，除却经历本身之外，我从岁月中获得了什么呢？在一场场热热闹闹以至轰轰烈烈之后，我一直坚持的、一直在追求的是什么呢？在被观看、评论、爆料的张纪中之外，主导我生活、情感、生命的主线是什么？如果有能够有益于读者的思考，又是什么呢？

当我从战场中短暂抽身，回归到生活的本质，也同时有了看待江湖的另一只眼。江南的山林俊美秀逸、云雾缭绕，是绝佳的冥思居处。我时常去思想片刻。

于是有了这本书。

以上是张纪中先生在《人在江湖》的自序中的文字，由此可见：张先生心中的江湖，应该是一种人生历练和岁月的沉淀，以及在这一番经历中，人心和人性的巨大或微妙的转变；张先生心中的江湖，是一种从快到慢的生活节奏，仿佛暴雨梨花针的凌烈迅猛到太极八卦的柔慢内敛；张先生心中的江湖，也是一种从入世到出世的人生态度，从“侠之大者，为国为民”的鞠躬尽瘁到“事了拂衣去，深藏功与名”的清静无为。

全书分为六章。“六”在中国是个神秘又吉祥的数字，诸多武功中的招式训练和中医里的按摩保健动作，都要重复六的整数倍，以此达到最好的功效。不知精通传统文化和深谙武侠之道的张先生写书时是否有过这般考虑，而无论如何，书的脉络很清晰，阅读时很顺畅，让人爱不释卷，想一气呵成把它读完。

阅读此书，犹然有身临江湖之感，也借张先生的智慧，对“江湖”有了更深刻的认识。

首先，江湖是一片逐梦场。

《人在江湖》的第一章名为“为理想而战”，讲述了《三国演义》《水浒传》《天龙八部》《神雕侠侣》等剧集拍摄中的故事，为读者再现了这些名剧拍摄的始末，很多鲜为人知的幕后花絮映入读者眼帘。从中我们读到了为拍摄一部好剧，工作人员的辛劳，还有张先生自身对经典作品的执着追求。

在《回顾〈水浒传〉，不忘初心》一文中，作者这样写：“我出了车祸之后，自己也在思索，我是否就此放弃工作？还是我付出这么大的代价后仍要继续完成工作？拆线之后，我被批准出病房养病，直接就回到了剧组，家都没回。当时心中有一个信念——人生难得几回搏！”

《水浒传》开播距今已20余年，20年过去，《水浒传》早已成为家喻户晓的经典，那个时代的文艺工作者对事业的执着追求，对艺术梦想巅峰奋勇攀登的精神值得今日的人们学习。

诸如此类催人奋起的文字，在书中还有很多。

其次，江湖也是修行的道场。

书的第二章“侠骨禅心——纪中说”里面，张先生谈到艺术工作者应该具备的职业操守和精神品质，那就是要有宁静的力量和超越世俗小聪明的大智慧。

所幸，在兵荒马乱的时光中，还能时常闲庭信步；在紧锣密鼓的安排下，还能保持气定神闲。这样一种能力并非年纪渐长之后自然的收获，而是我在年轻时期就培养出的心理品格。

真正的武林高手，不仅知道何时进击，而且知道何时蛰伏沉默，以退为进。释放人生的活力是生命的本能，而能静得下心，则需要坚定的心态，透辟的眼光，取舍的智慧。古人说："知止而后有定。"

以上是书第二章里的一篇《大道至简，纯粹是艺术家应有的生命品格》的文章中的话语。片场如此，人生亦是如此。江湖就是社会，当中自然有名利场，也值得为之奋斗拼搏，但名利的计较不能太多，多了人就不纯粹了。纯粹一点，才能更接近自己的心灵，接近生命最原始的真实的状态；纯粹一点，人才能心无旁骛地更好地经营自己的事业。

另外，江湖也是很好的人生课堂。

在电视剧《少帅》中，张作霖曾对初露头角的张学良说："江湖不是打打杀杀，那江湖是人情世故！能应对就不容易，想完全搞懂根本不可能。"的确，江湖就是一个课堂，其中经历的事，遇到的人，都可以成为我们的老师，给我们的人生一次又一次精彩的开示和深刻的启迪。

今天，查良镛先生去世了，一代文豪就这样离我们而去，我失去了20年相知相交的挚友，失去了一位毕生的导师。

每拍一部片子，都要确定片子的气质。拍《神雕侠侣》之时，我们将这部戏的气质定义为浪漫，可如何浪漫，我总觉得心里不够清晰。

“浪漫的定义是什么，您能给我讲一讲吗?”我向查先生请教。

“彼时我们正坐在西湖的游船上，他告诉我：“浪漫的定义，不太常见的，就是浪漫。比如说看月亮，两个人可以坐在家里看，也可以站在水里看，那肯定站在水里看就比在家里看更浪漫一些。”

之后，我反复思量查先生这句话，从中得到了启发：我们在表达小龙女和杨过的浪漫的时候，可以去用一些不大常见的手段。

这是作者在书的第三章“江湖浮沉——以梦为马”中的一篇题为《沉痛悼念查先生：先生不会走远，武侠永存世间》的文章里的话语。我们都知道，在武侠故事里面，主人公闯荡江湖的途中，一定会遭遇万般的险恶，此时必求助高人点拨，道破迷津，方可更上层楼。现实社会中，每一个人都离不开良师的提携和益友的帮扶，他们教会我们生命的真谛，助力我们向更高更远的地方去。在成长的过程中，经历的一切人事，好像一直在对我们讲课，如证严法师曾说：“这个世界，一直在对我们讲法。这讲法有时是无声的，却比有声的更加深刻。”

因此，可以说，社会就是大学，江湖即是课堂。

最后，江湖中也有雪月风花。

在书的最后一章“诗意人生”中，作者为我们奉上了七首原创诗词。万剑归宗，纷繁的红尘，如厚厚的一本《人在江湖》的书一样，此刻化为精短的诗句，潇潇洒洒，极富美感。

西湖秋歌

秋瘦天远上，
孤月烟水寒。
半生功名著，
思高志尤坚。
看客红尘路，
吟宵且徐行。
窗前听叶落，
吾心孰可知。

梅

疏枝立寒风，
笑在百花前。
无有争春意，
暗香颂人间。

游超山

弹剑一曲，
酒千殇。
望超山香雪，
梅可超风。
花开万点，
伴铁骨英豪。
有前人栽树，
为后人留香。

诗以言志，此理古人早有分晓。几首诗着实惊艳，成为整本书很好的结尾，对江湖的理解，万千思绪都凝聚于此。此刻，纵有万般爱恨情仇，也泯然一笑。行走江湖，当有风花雪月的诗情画意，当有苦乐都堪描画、悲喜都付诗篇的洒脱胸怀。

“人就是江湖。江湖可以险恶，但做人一定要真实，待人一定要真诚。重剑无锋，大巧不工。”这是张先生对江湖和江湖中人的观待，也是一种自评。

而关于江湖，关于此书，关于作者张纪中本人，非常多的文化名人也给出了自己的观点。

禅者、音乐家和文化评论人林谷芳说：“你跟他（张纪中）谈武侠，这人与剑，已非历史之事，已非小说之言，已非影像之现，更就活生生地体现在他的一言一行中。直言之，他的终极作品就是他自己——以侠为心、以剑为名的一个当代生命。这样的生命，你或无以亲炙，却可由此书中得。”

著名作曲家、教授赵季平说：“纪中总是忙碌着，这几年他能静下心来，有所思考、有所领悟，写成这本书，对于关心影视行业的朋友，对于有志于影视艺术的年轻人，对于普通读者，都是一件好事。”

清华大学美术学院教授、中央文史馆研究员韩美林说：“处庙堂之高则忧其民，处江湖之远则忧其君。有人的地方就有江湖，能把江湖和忧虑联系起来的是范仲淹诗人式的悲悯担当，而把江湖和有血有肉的生命联系起来的则是张纪中侠客般的快意豪情。读张纪中的生命感悟，体会中国社会与人生哲学的生生不息。”

著名作家、茅盾文学奖获得者王世峰说：“他又仿佛生来便是江湖大侠，行走其间，本来侠气冲天，何意百炼钢，却化为绕指柔肠，散落成吉光片羽，降临在纸上……”

江湖清梦远，成败转头空。古今多少事，都付笑谈中。

人在江湖，愿我们都能从书中体味到那世间的侠骨和柔情，亦能品读出那出世间的淡泊和洒脱。

读书很严肃，但我还是会笑场

湖南路不再那么热闹，狮子桥的小吃黄了一家又一家。东北炖也没有了，锅包肉、皮冻、东北拉皮儿，十年前穿过玄武湖之后就能得到的快乐，在2021年找不到了。

好在凤凰书城还在，这里，还有地方读书。

前一阵读教育学的书，里面讲道：“人的身心发展规律之一是互补性。这种互补性不仅体现在身体机能与身体机能之间，也体现在身体机能与心理机能之间。”

肉体需求得不到满足，就会诉诸精神？我大概是这么理解的。

可能因为我就是这样的人。

也听人说，真的书虫，遇到一本有趣的书，是根本不需要吃饭的——他会当下化身为一个仅靠光合作用就能苟活的小植物人。

书城里看书。

看到一本书，是李诞写的。不少人说我长得像他，还说我说话的风格也像他。每每听到，我都会“哼”一声。

我更倾向于朋友说我长得像二手玫瑰主唱梁龙的这种言论。

虽然这俩人都不咋好看，但是我觉得梁龙的大花袄真酷。

去年春节时我穿了一件同款大花袄，堪称20世纪村儿里的爆款，拍照发到朋友圈，好评如潮。

回到书上来。书名挺吸引我，名为《笑场》，想看看内容，但书还未拆封。

每每遇到这种状况都很头疼。诚惶诚恐地问工作人员："能拆？"

"可以啊！"

千恩万谢。

拆开，翻了翻，不错。继而又拆了另一本，接着是第三本、第四本……

书是啥？书不是人类灵魂的阶梯，书是上头解馋小宝贝儿，谁读谁得劲儿。

选中两本，决定入手。是带走拆开的书，还是带走未拆开的呢？这是个问题。

纠结了好久，决定带走新的。

就把已拆封的留给下一个读者吧，让他能少一点儿诚惶诚恐。

追梦新华

金陵书香气，一半在新华。

2008年我考入南京林业大学。大学的空闲时光多，生活亦自在，每当学校无课时我便到书店读书。得六朝文脉加持，南京有很多优秀的书店，老字号的新华书店是其中翘楚。作为一个传统的阅读爱好者，新华书店自然成为我的首选，我与新华，从此结缘。

当时南京地铁3号线还未开通，我是在新庄广场站乘坐2路公交车到新街口新华书店的。新街口是全国闻名的步行商业街区，坐落于此的新华书店也是全南京新华书店的旗舰店。其室内设计考究、布局合理、照明良好，书籍种类、数量和质量都属上乘，是读者理想的阅读和购书场所。书店高层是库房和各部门办公室，五层以下是营销区域，同时配套各类店面，文房四宝、名人字画、玩具礼品、咖啡茶点等一应俱全，俨然一个文艺产业综合体。即使是一个对书籍无甚兴趣的游客，徜徉于此，亦不会乏味。这种与时代的深深契合，使我不敢相信，它竟已七十岁了。

新华书店，是我的时光隧道。

与书店散发的青春活力不同，我是一个颇跟不上时代脚步的人。放眼周遭，大家的生活节奏普遍快速，相比之下，我实在是过于散漫和放逸了。在天气晴好的日子里，我喜欢步入新华，选一本爱的书，席地而坐，闲拥午后的一杯流光，不觉日暮，半日过去，我早已忘记时光的流逝了。在这个数字化的快节奏的时代，在书店时，我的心非常宁静，我的沙漏流得很慢，甚至有倒流之感。置身于此，我仿佛穿越千年，成为不记年月的桃花源人。

新华书店，亦是我梦想开始的地方。

古语有云“无心插柳柳成荫”，“无用乃大用”，正是在这忘我的读书过程中，本不善言辞的我，突然也有了一些提笔作文的灵感。随读随记随写，不觉间，这样的生活习惯已伴随我十年。这十年，我写出不少随笔，偶有机遇，结集成书，得以出版。拥有一本真正的属于自己的书，这是儿时起我就有的一个梦想。可以说，是新华书店，给了我一个实现梦想的好缘起。

文集出版后，我又与书店联系，想做一次小的推广活动。十年了，确是与新华缘分至深。一经提议，书店诸位领导和老师赞同非常，为我在书店的音乐厅举办了一场新书分享会。当日，不少关爱我的老师和书店的领导出席，亲友、同窗亦来，还有不少素不相识的读者。由于策划精心，加之书店的工作人员业务素养极高，活动现场效果非常好。那天活动后，我与好友小聚，席间不禁感叹："不曾想过，在新华，自己竟真实地体验了从读者到作者身份的转变。"从这一点看，新华书店，不仅提供阅读与购书的服务，更是读者实现自己写作梦想的平台。

一直以来，我都是用一颗素心去阅读，这使得我的文章亦素。其实，新华书店的气质，也是朴素的。虽然其外表随着时代的变迁，不断改造升级，使自己的形象和功能适合当下，但其内在那种纯真的，用书籍饶益读者的精神却从未变过。

今年，是与南京新华书店结缘的第十一年，马上是它七十岁的生日。祝福新华！走过漫长岁月，我仍然感到它是不忘初心的，感到在其中工作的新华人是有梦想的。他们的初心和梦想，在我看来，应该就是帮助每一个爱书的人，实现他们的梦想吧。

随喜赞叹！多么单纯而又伟大的发心！下一个十年，盼我们能继续同行。

（时值南京新华书店成立70周年，书店开展以“我与新华书店的故事”为主题的征文活动。一直与南京新华书店颇有缘分，有感而发，撰文投稿，获三等奖）

清玄不二，红尘素心

颇不平静的戊戌岁终于过去，很多文学艺术大师在这一年与世长辞。虽然稍有无常之观，但修行境界尚浅的我仍不免垂泪。其中，最令我悲恸的是林清玄先生过世。

大学起开始读先生的书，而先生于此前早已声名远播。十几年来，几乎每日读他的书，多时上百页的文字，少时是一段精彩的语录，可以说，林清玄先生已成为一位我未曾谋面却无比亲近的良师。先生文中，罕见世界奇景与人间异事，更多的是生活的常态，有雨露星风，有走兽飞禽，亦有花草树木。加之无华的文字表述，给人淡然之感，真如先生自己所说：“人间有味是清欢。”

然而，对于这些极平凡的事物，先生却有着极不平凡的解读，透过朴实的文字，我们可以看到一颗不一样的、高境界的心灵对同样世界的超于常人的不同体悟。

谦卑的心是宛如野草小花的心，不取笑外面的世界，也不在意世界的嘲讽。

——《心的菩提》

白鹭立雪，愚人看鹭，聪者听雪，智者见白。

——《为君叶叶起清风》

生命也像是在走钢索或凌空飞跃，在危险中锻炼了勇气，在失败中确定了坚强。人生经历的所有挫折，都是开启智慧莲花的淤泥。

——《灵性深处开莲花》

这些文字，让我感到：原来人之差异，不仅在于见识，更在于见解。

我们生活在一个二元的世界，但二元，并非世界的自性，而是借由我们的观念而安立的。在累生的习气中，二元对立的见解已深入我们的内心：黑与白、对与错、好与坏、穷与富、物质与精神。在这种二元的状态下，保持心态和见解的平衡，走中道，不堕于两极非常重要。过于执着任何一极，都会对我们的生活产生不利的影响，会使我们的人生价值大打折扣，同时降低我们的幸福感。我们倘过于追求明媚的阳光，则黑夜的来临势必会带给我们一定程度的不快；我们若一味执着积累外在的物质财富，则非常容易忽视内在精神的建设。这些偏堕，会使我们的人生向某一方面倾斜，从而错失另一方面的美好。

阳光虽然明亮，让世界富有活力，黑夜的幽暗却可以使人宁静，从而感受生命的厚重与深远。丰厚的财富固然为生活的幸福提供了很多便利的条件，但乐观开朗的心境却给了我们感知幸福的能力。这些，都是一体两面的，二元，看似对立，实则是高度统一的，对二元的分别越模糊，则为人处世越高明，智慧越圆融。

在这一点上，林清玄先生做得甚好。

先生于二十岁时出版了人生第一本书，而后的每一年，都有新书问世，成为台湾作家中最高产的一位。先生还曾供职于《中国时报》等多家最引领风潮的媒体，任记者、主编等职务。三十二岁时先生遇到佛法，从此深入经藏、建立信仰，于四十岁时完成当代最具影响力的文学系列丛书“菩提十书”，带动了佛教文学的发展，在社会上掀起了学佛热潮。

先生写作之终极目标不在自利，而在利他。他渴望通过文字与读者结善缘，引人入佛门，帮助现代繁忙又浮躁的都市人，进行价值观的重塑，使其心灵得到休息，甚至有机会获得禅定的力量。

但在帮助人们的方式上，先生极为善巧，没有强拉硬拽，没有呆板严苛的说教。他以作家的身份，利用自身偶像的光环，以文字为媒介，用温婉、体面、艺术的方式，带动了众多读者与佛法结缘。每想至此，不禁赞叹先生的智慧、慈悲与用心良苦。

这几日，边读先生之文，边随喜先生之发心，恍然对先生之名“清玄”二字的深意也有了新的理解。“清”，有清澈、清爽、通透之意；“玄”之本意乃黑，指代玄妙、深邃，令人难以捉摸。这两个字，不就是二元对立的吗？而这对立中，不又蕴含了统一吗？佛经的文字是奥妙和有深意的，佛法的真味却是极清楚和朴素的；学佛的道路是多样的，但成就的结果是一致的；红尘是纷繁的，但修行者的心永远是简单的。

又想到“一实之理，如如平等，而无彼此之别，谓之不二”。心中一阵惊叹：原来先生从未离去，“死”和“生”，就是生命的一体两面啊！“清玄”二字，就是在帮助我们开悟，就是修行的不二法门啊！原来“菩提十书”，就是在宣讲修行与生活、世出世间的圆融无二的智慧啊！原来，最好的生活状态，就是在红尘中守好一颗素心啊！

想至此，对那句老话“先生千古”生起了极大的信心。随之，忧伤的心情渐渐转为欢乐，对过往的留恋也变为对未来的憧憬。

清玄不二，红尘素心。千帆阅尽，心有菩提。

（佛教文学大家林清玄先生逝世，悲恸不已。南岳佛教刊物《磨镜台》推出缅怀清玄先生专栏，受主编、中国佛学院栖霞山分院近闲师父嘱，撰文）

二　莫让生活蹂躏了眉目间的温柔

我从小喜欢皱眉，这直接导致周围的人一直以为我过得很不开心。但其实生活待我不薄。有一日偶然回忆过往，试图找到过往一些特别令我受伤的人和事，发现真的没有。

《沉思录》有云：我若使我自己痛苦，那是不对的。因为我从来没有故意地使别人痛苦过。

有的人的皱眉并不一定代表坏心情，他们只是对生活热爱得太过深沉了。

故乡的早市

早市，顾名思义，是早晨的集市。集市兴起于南北朝，各地对此称谓繁杂，北方多称“集”，南方多称“墟”。在这里，蔬菜生鲜、干调果品、日用百货等一应俱全。早起的鸟儿有虫吃，能早起的人儿，就可以在早市上买到物美价廉又称心如意的商品。

北方人有逛早市的习惯。过去的北方萧索，夜晚娱乐的场所和项目不多，人们入睡较早，也就为早起活动造就了因缘。热爱生活的人们，通常四五点就起身，到公园晨练，运动后再到早市，买早餐和一天所需的菜品。

故乡自然也有很多早市，规模大小不一，但都同样热闹。离家最近的，亦是历史最久远且鹤城最著名的，当数龙沙早市了。龙沙早市外环有塞北佳境之称的龙沙公园，毗邻青少年宫，街市一直绵延到第一医院门前。

从四点开始，陆续有摊位摆出，直至七点，买卖渐歇，管理人员也开始催促下市了。市场占据三条主要街道，开市时道路是不通车的，人们可以安心徜徉其中，随心所欲地选购。三条街相连，近丁字形，依道路的走势，商家的摊位摆成三趟儿，中间两排摊位背靠背一趟儿，沿路两边各一排一趟儿，这种摆位方式，巧妙地将一条街分为左右两半。人们若右侧通行，其交通流线自然可形成一个闭环，可以把三条街道——六条流线不重复地游走一遍。

而常去早市的人通常不会这般走。每日把到早市采购当作生活一部分的人，早已对市集的每一处了若指掌：哪家的土豆面，哪家的地瓜甜，谁家的圆白菜便宜，谁家的洋柿子没化肥，到什么方位去盛一碗自己爱喝的豆腐脑，再到何处去带几块家人喜欢的大发糕，这家的老板做生意很敞亮，那家的老板娘卖东西有点矫情……根据每日的需求，采购者大多是匆匆忙忙又轻车熟路地直奔主题。

一日之计在于晨，很多人一天的生活，就从这早市的一买一卖中开始，这一次晨起的采购，其实也是人们一天甚至一生忙碌生活的写照和缩影。诗人卞之琳有一篇《断章》脍炙人口：“你在桥上看风景，看风景的人在楼上看你。明月装饰了你的窗子，你装饰了别人的梦。”写得真好！在我看来，早市是一处欣欣向荣的美丽景观，也许在家庭主妇和家庭煮夫眼中，只是一项工作和家务吧。

的确如此，打小，早市于我都是欢快的，是生活的乐趣，而非生活本身。

记得儿时常听父母说：“早市的菜比菜场的菜便宜。”彼时，我对于此话是没有多少深刻感触的，我只知逛早市是件乐事，是好玩，且早市上最容易买到我最爱的毛豆。曾经也在入睡前夜和父母相约，第二天同去早市。每每到了市上，我都只顾玩耍，寻觅新奇的零食，听听买卖双方的讨价还价。有时则是不起床的，或因天冷，或因贪睡。

然而，无论我去与不去，夏末秋初，父母从没忘记给我带我最爱的毛豆。小孩子的心是简单的，无论怎样的难过和委屈，有毛豆就开心，有毛豆就有希望。

这种关于早市的欢乐体验，持续了二十余年。直至前些时日母亲生病，我从南京归家探望。母亲先入第一医院，后转院到哈医大附属第一医院检查，我和爸陪同，近一周时间才回到家中。母亲需继续休养，父亲照顾母亲辛苦，于是在家中停留的短暂一日，我决定独自到早市买早点和一日所需的食材。

这次的早市之行，我有了不同的心理体验。

其实也着实许久没有逛早市了，发现其格局发生了不小变化。因第一医院外围施工，原来的三条街道已暂缩为两条，原来熟悉的摊子位置也已更改。我寻了许久，找到母亲想要的袋装鲜牛奶，那是她一直爱的。又走了一会儿，买到父亲喜欢的大饼。

然后就开始买菜，这也是我第一次格外关注菜的品质和价格。其实，当时是说不出的心情：既想货比三家，又想尽快买完，免得早餐冷了或父母在家等待着急；既想着多买些菜，这样父亲可以少几天早起，多多休息，又担心买得太多，父母看我拎太重的东西而心疼。当下体会到父母曾经的不易，曾经幼时，我独自在家，早市中父母惦记的，何尝不是家中的我呢？

这些年来，我大抵是一个较乐观的，情绪转化较快的人。不一会儿，我又为这熙熙攘攘的早市陶醉了，除了已近深秋，毛豆不见，其余是满眼的活色生香：十几种饱满的豆角，如桃子般鲜艳的洋柿子，油汪汪的茄子，热气腾腾的水豆腐，香味四溢的现榨麻酱。新鲜！新鲜到炸裂！

眼看着，无一不美味，无处不可爱。儿时挑食，挑到极致，甚至列出几大类终生要戒掉的食物，并为每一种都安排了罪名。小孩子的理由是如此直接和单纯：太有味道的菜不行，没有味道的菜也不行，长得丑的也不行，甚至，这个菜不浪漫也会成为罪名。如今想想，这些被我列入禁菜名单中的，诸多都很无辜。阿弥陀佛，真是罪过。

其实，每一种食材都有其独特的味道和营养，都为人所需。如同交友，《幽梦影》有云：“对渊博友，如读异书；对风雅友，如谈名人诗文；对谨饬友，如读圣贤经传；对滑稽友，如阅传奇小说。”都是大有裨益的。

边买，边不忘拍照，发朋友圈。很快，收到非常多的点赞和评论，仿佛此刻的朋友圈也变成了一个虚空中的集市，“真丰盛啊！那柿子像桃子，蟠桃宴”，“新鲜呀，图三的豆角来两斤”，“这大豆角真好哇”，“回家必须逛早市”。

最是烟火气，能抚凡人心。想起曾读过的一篇文章，题为《去了一趟菜市场，我突然不想死了》，当时看到觉得好笑，今日，真真切切有了这般的体验。各色的农产品，给了人生命的能量，认真地选菜、买菜、烧菜，并于此过程中体会心的平静与专注，就是一种修行。

东西都买齐了，心情也渐渐开朗起来，直到要离开市场时，转角处竟有一个卖毛豆的摊位。只一瞥，往事占满脑海。我不敢停留，快步朝家的方向走，不知是欢乐、难过，还是感动，那种莫名的心情，伴随着眼泪，又一并涌上来了。

母亲病情稍稳，我亦回到南京，令我讶异的是，我可以很快全身心投入工作中。今日看到念佛群中，母亲恢复了念佛报数，心情又安稳了许多。只闲暇时，不时闪现心头的，是当日的早市。人们常说对某处留恋，我想，这留恋指的应该不是场所本身，而是当时的人事和心情吧。

人之一生，应该有自己的精神世界，应该至少有一处景、一个物件、一个人和一个信念，能让他寄托和安放自己所有的心情，无论喜悦还是伤感。而这喜悲过后，还要给他平静下来的加持，让他能继续坚定地独自走向远方。

吾心安处是吾乡。

用心珍视每个当下，便不会感到空虚和无趣

天色阴沉，吃过早饭走进书房，点一炷香，供一盏灯。空调呼呼地送着暖风，此时的窗外，细雨迷离。

若说金陵的秋雨让人想到的是“烟笼寒水，夜泊秦淮”，那么南京的春雨则给人“江雨霏霏，六朝如梦”之感。多少楼台烟雨中，一场雨，天边朦胧，眼前朦胧，三千大千世界刹那间如蜃景般似梦似幻。

坐在桌前，百无聊赖，刷一刷朋友圈，读到近闲师父的新诗：“什么时候能像阿难一样，不经意地，把生活过得像一段佛经。在无常中弥漫法喜，在行持中庄严菩提。”读罢甚为感动，师父一直以文字度人，字里行间流露出禅意，带给人心灵的清净与欢喜。

在这个时代，生活的确需要一些不一样的声音和别样的智慧。

人们大多爱晴朗的天气，聚会、出行、拍照——外面的世界很精彩。而到了雨天，当我们与自己相处，很多人会感到孤单、烦躁，难过——我们的心灵很空白。天气是无常的，普通人的心也随之无常，师父则能在无常中弥漫法喜，这就是一颗修炼过的心的力量。

我们太习惯于观察外界，看天气如何，看他人过得怎样。我们更喜欢比较，比较天气，比较商品，比较自己和周围的人，还会在比较的基础上建立一系列所谓的标准和体系，然后

循规蹈矩地套路自己几十年的岁月。

很多时候，比较根本毫无意义，因为人与人本就不同。记得好多年前一位朋友吐槽时说过一句话：“今天发现这人和人的差距，真是比人和猪还大啊。”听着夸张，其实也有道理。

前几天看到抖音红人徐静雨老师的一个搞笑视频，视频主题是比较屎壳郎与蜗牛的历史地位。徐老师说：“如果从生活质量上看，那蜗牛基本全面占据上风。因为蜗牛所处的环境往往是绿树环抱，田间地头，环境相当优美，心情相当舒畅，如果说蜗牛有雅兴能赋诗一首，那也一定是山水田园派。反观屎壳郎，常年混迹于坑洞之中，以粪球为食，生活质量相当乏善。”看后捧腹大笑，静雨老师一如既往地有理、有力、有节又有趣，令人拜服。

视频本是娱乐，如果说点正经的，我想这种比较也是在“本我”的立场之上，而蜗牛未必有同感，屎壳郎更是未必服气。粪球对人来说是污秽之物，在屎壳郎眼中则是安乐窝；蜗牛在田间地头，它也不一定能品读出田园的诗意之美。

所以重要的事情不是别人怎么看待你的处境，而是自己的真实感受如何。他人自有他人的经历、眼光和见解，却未必适合你。有的人追求外在的功名，有的人追求内心的清净；有的人想迷醉，因为他曾经历了太多的痛，有的人想觉醒，因为他怕再遇到更多的痛；有的人不敢走夜路是因为胆小，有的人不敢走夜路是怕遇到烧烤……

电影里有句经典台词：“我听到过很多道理，可仍然过不好这一生。”我想，如果一个人没有清楚地明白自己想要什么，没有自己笃定的观念和方向，那外界的声音很有可能变成一种干扰，即使这些声音是出于善意的。

不禁又想到每逢长假，景区人山人海，高速路水泄不通，我都是悠然在家，读书写字，不受旅途劳顿，倒也清净。

挤在车水马龙之中并没有什么不对，然而清净的独处亦无可厚非。人若能清楚地知道自己想要什么，甚幸。

公交随想

今天本是全天放假，朋友的机构老师临时有事，江湖救急找到了我，自是义不容辞。课程很早，路途较远，不方便开车，因此五点就起了床。起来后毫无困意，春天就要到了，气温逐渐回升，看来我早起的习惯也要慢慢恢复了。

人不是冷血动物，本不需要冬眠。但是到了冬天，人也会不自觉地犯困和嗜睡，由此可见，人类在某些时刻也会变得十分冷血。我们是应该任由自己麻木和冷血起来，还是通过一些方法让自己保持温度，这其实是一种人生的抉择。

出门，天还未亮，但分明可以感到天气很好，抬头望望，一斛星斗洒满天街。坐在首班公交车上，只有我一个乘客。时间太早，路上的车很少，天还是黑的，只见车道上星星点点的红与黄。

车的速度很快，一站又一站，这就是现代都市的节奏，日子过得太快，人们赶路的速度太快。想起了木心的“从前的日色很慢，车、马、邮件都慢”，是那样的悠然。而如今的一切都很匆忙，信息也是如此透明，生命成长的趣味，不少是因为懵懂，是由生命的主体去慢慢经历、感受和领悟才有了意义。而现在的许多事情，往往是当事人还来不及看穿，就已经被他人戳穿。

乘公交车本是平凡的日常小事，但若有心，就可以得到许许多多与人生相关的体悟。

公交车司机有点像一个行业的牛人，他有能力把一群有着相同目标的人带到他们想到的地方去，这大抵也是一个人进步的最方便的方法。乘客则像是同行，我们可以为他们让座，也可以推搡他们，也可以视而不见。一个车厢就是一个小的世界，和现实中一样，我们往往会追随一些人、抛弃一些人，喜欢一些人、厌恶一些人，而大多数时候，我们会忽视大部分的人。一直以来，我们如此玩着轮回的游戏。

有人说人生不能上错车，否则永远到达不了目的地；有人说人生就像等公交车，你想要的那班往往来得最迟；有人说事业也像挤公交车，只要不下车，早晚有你坐位子的时候……

这些比喻都很形象，观点也正确，但在我看来，目的性还是有些强烈。记得读宗白华的《美学散步》，其中有这样的一段话：“散步的时候可以偶尔在路旁折到一枝鲜花，也可以在路上拾起别人弃之不顾而自己感兴趣的燕石。——无论鲜花或燕石，不必珍视，也不必丢掉，放在桌上可以做散步后的回念。”

这种淡泊的思想，在这个一切讲究实效的年代，看起来有些格格不入，但这的确值得成为我们的人生态度。就像在公交车上的有些偶然：车子不经意地路过某个站台，新的好玩的场所，或美丽的景色，或一个心动的人，她们毫无防备地透过窗子闯进你的眼睛和心中来。想下车，却不可能，因为你已有了必须前往的目的地，业力推着你朝既定的地方走。你的肉身不必要停留，却可将这些美好放在心底。人生中一些人和事不属于我们，但是遇见了，也弥足珍贵。

当然，也一定会有人有如我今日的感触：资源不一定总是短缺的，如果你起得够早，车上也会有很多空位。此时，给我们的选择很多，让人烦恼的是我们要坐在哪里，或者说是当我们拥有一个座位之后，我们还舍不舍得将其再让给其他的人？这就好像在选择走怎样的人生之路，我们想成为怎样的人，冷血还是热血？这是一个问题。

从物质的角度说，人生本是毫无意义的，而从精神层面去看，我们非常有必要为之确立一个意义。是只自己赚得盆满钵满，还是服务与帮助更多的人，值得每个人思考。我想，一个有意义的人生一定是在回馈的，回馈那些与我们有缘的生命。如果我们能喜欢大多数人，没有厌恶的人，那我们就可以不忽视任何一个人。倘能做到如此，人的神性便战胜了动物性，人的血也就热起来。

同倚东风不同情

前几日同两位老师一起到省妇女儿童活动中心，为中心的教师和物业师傅们书写春联和福字。马上是辛丑牛年，于是我自造了一个“福”字，名曰“牛年发财福”。该字的左半边借用甲骨文中的“牛”字，两个牛角写得极大，有牛气冲天之感，右半边为篆书福字右侧，不同的是下方的“田”化为一枚外圆内方的古代铜钱造型，意寓财源广进。

次日，中心的官方公众号做了推文报道，我写的“牛年发财福”图片亦在其中。当天上午，有在上海同是书法教师的好友发来微信，觉得此字很赞，并询问是否原创，能否借用。我答：“不知是不是首创，但的确是我自己想出来的。本字纯属虚构，如有雷同，实属巧合。”摆明了一副不主动、不拒绝、不负责的态度。大家大笑收场。

傍晚时分，又有学医的朋友问此字何意，待解释后她说：“一个铜钱能买到什么呀？”遇到这种极不解风情又思维缜密的朋友最是令我头大。头脑的逻辑性不如人家，但好在语言是一门艺术，当下回曰：“难道一个铜板买你还买不到吗？”

以上不过朋友间日常随意逗趣而已。但由此，也多多少少可看出不同人面对相同事物的不同立场及每个人惯性的思考问题的方式和角度。其实在日常生活中，大事小情、桩桩件件，同一件事因观待的人、时间、场合的不同，往往会产生相反的观点和感受。

今早到楼下取快递，天气极好，阳光很暖。以往小区中的树杈之间、运动器材之上是会挂满晾晒的被子和枕套的，因疫情复返的缘故，今日再不见这些了。曾经我对占用公共资源谋私的行为极度反感，此时却是如此盼望那曾经的场景出现，因为这标志着疫情又过去了。

回到家，也在床上摊开自己的被子和枕头。打开窗，有风拂过，窗帘拉到最侧，让光尽可能多地照射进来。看着洒满阳光的被褥，一种安详之感蔓延心头。

晒的被子还没有盖到身上，为什么就会带给人一种舒适的心情呢？晒被子除了是一种健康的生活方式之外，是否也是一种人类的心理需求呢？在面对诸如此类的生活小事中，我一直是一个思想上的好事者，一边用手机网上搜索“我们为什么要晒被子和枕头”，一边将此话题发到好友群中，心中渴望看到更多的令我满意的答案。

群中很快掀起热议，有人说阳光可以分解被子上残留的汗液和油脂，有人说可以杀灭细菌和螨虫，也有人说可以使填充物膨胀，进而增强被子的弹性与保暖性。此时，也有朋友出来反驳，说螨虫一般是晒不死的，于是大家纷纷查阅资料，各抒己见，对螨虫是否能被晒死展开了新的讨论。我看着，觉得很好，既带动大家思考，交流中联络了感情，自己也学到了不少东西。

其实朋友们的回答并不是我特别想要的答案，我内心更渴望得到的是关于晒被子带给人的心灵体验，而不单单是科学知识。

户外晒过的被子有一种特殊的味道，如果从理性的角度出发，对于此种味道，可以有螨虫尸体的味道、空气中花草的混合味道、气味分子氧化的味道等诸多解释。但我想，如果我们不是为了写一篇科普论文，把这个味道看作太阳的味道也没什么不可。

这些不同的看法会带给我们截然不同的心灵体验：螨虫尸体的味道会让人觉得恶心，氧化的气味分子则令人无感，只有太阳的味道，才会让人感觉到暖。

生活中一些思考和答案应该是科学的，深入和逻辑的，但很多时候也可以是感性的，直白而又简单的。想起来一个故事：

有三位静修了很久的人在走路。

他们不是一般的人，而是静修过很久的人——那意味着他们绝对是一个人。

有路人问他们："你们要往哪里走呢？"

第一个人说："脚往哪里走，我就往哪里走。"

第二个人说："风往哪里走，我就往哪里走。"

第三个人说："我往菜市场走。"

一个往菜市场走的人是一个真实的人。

又继续翻看手机，仍然是关于"为什么晒被子和枕头"的问答，一页页翻过，千篇一律的答案，每一个解释似乎都很严谨，科学而又有深度，但令人无感。突然在接近链接的尾部之处，看到这样一句话："枕头要常晒，因为里面装满了辛酸的泪和发霉的梦。"

瞬间被击中的感觉，反复阅读并记之。人世就是如此，在平淡如水和大抵相同的日复一日中，偶然会闪现一些人、事、物，一个见解和观点，忽地令你如沐春风，不由地发出这般喟叹："山下千枝花太俗，山上一枝看不足。"

老

一顿午饭，因为嚼得很慢，所以吃了很久。

饭后坐在“星九克”，等着上课。看看书，透过窗子看外面的世界：今天有点冷，外面下雨了，对，我们都知道这个季节下雨会让人有点伤感。

已是深秋，一年又一年，时间飞逝如电。忘了曾经学过的很多知识，比如英文，“How time flies?”已是为数不多的能记住的句子了。

今天有朋友感叹：“老了啊！好怀念那个除了读书什么都不懂的年纪。”我说：“你也应该为现在的自己喝彩，因为经过岁月的磨炼，你现在除了读书什么都懂。”

坏笑。

陶渊明陶老剑客有云：“纵浪大化中，不喜亦不惧。”红尘中的时光流逝并没有什么可值得担心的，只要你认真地生活过了。生命存在的意义不在于多久，而在于其以何种方式存在。

所以说，老并不可怕，可怕的是没有老保。

如果能稍微把惯性改变一点

一位师父正在山里闭门静修。
一个弟子跑去敲门。
师父问："是谁？"
"是我。"弟子不假思索地回答。
"回去吧，这间房子里容不下两个我。"

这位徒弟是一个悟性非凡的人。
过了一阵，他又到师父的房子去敲门。
"是谁？"
"是您呀，师父。"

师父很高兴："进来吧。"

我们大部分时间都是靠惯性活着。
如果能稍微把惯性改变一点……
那一定会很不一样。

一位师父正在山里闭门静修。
一个弟子跑去敲门。
师父问："是谁？"
"是我。"弟子不假思索地回答。

“回去吧，这间房子里容不下两个我。”

我不知道师父的房子到底有多小，是不是真的小到连两个人都容不下，但我很喜欢这位师父调教弟子的方式。在儿时我亦有过相似的经历，家中偶然有人敲门，身高够不到门上的透视镜，我只能问一句：“谁呀?”此时最令我崩溃的回答便是“我”。

其实这种回答体现了一个人生命的惯性——我们习惯了以自我为中心。自己永远那么重要，重要到了仿佛其他人只凭一个“我”的声音就可以辨认出自己。这种惯性往往是会给他人带来不便或是令人不快的。

如果能稍微把惯性改变一点……

这位徒弟是一个悟性非凡的人。

过了一阵，他又到师父的房子去敲门。

“是谁?”

“是您呀，师父。”

在那个幼小的年纪，如果对方不介绍清楚自己，我将始终无法知道门外站着的是个什么人。是亲戚吗？爸妈的朋友？会不会是坏人?

此时若能听到一句像样的自我介绍，我的心情将会放松许多。这其实和现在的人发微信一样，如果每个人在消息中都能直接说“打扰了，我找你有什么什么事”，而不是按照自己的习惯来一句“在吗?”我想，我们的人际关系会变得和谐许多。

那一定会很不一样。

师父很高兴："进来吧。"

这个徒弟与师父的故事，是伊斯兰教苏菲派的圣哲传说。如果不是读了梁文道老师的书，我实在不敢相信，伊斯兰教竟然也有这么"禅"的东西，在我的认知中，只有印度和中国的佛教才配拥有这些——这就是一种心理上的歧视和思维上的惯性。

中学时代学习物理时就知道"惯性"是物体自身的可以保持原有运动状态的一种属性。这种属性，可以为我们带来很多便利或者有意思的事情：刚洗完手，甩手就可以把手上的水甩掉，如果你不怕找麻烦，还可以借此甩你看不惯的人一脸；公交车刹车时，身体上部会前倾，如果你够大胆，便能趁机亲到有好感的女孩；足球比赛时，腿短并不是硬伤，因为距离很远就可以射门，而不用一直把脚伸到对方的球门里面去。

时至今日，我仍然对这种"惯性"保持着神秘感，这是一种强大的足以影响和控制我们整个人生的力量——因为懒惰推到明天的工作，明天也很可能不会去做；一个能让你恐惧的场景没有被克服，这个场景不久后将再度出现继续带给你恐惧。

还有非常多的更值得思考的事情，比如我们整个人生的轨迹，是不是也走在惯性的轨道上？

生活其实有非常多样的方式，生命也可以有非常多的可能。在有些时候，我们不妨试试打破一点，比如你已经习惯在前一夜为第二天煮好稀饭，试试不去准备，这样第二天就可以体验饿着肚子的感觉，当然，你也有机会尝尝外面自己从未吃过的好吃的早餐。打破惯性的前期可能令人不适，但也许会有更有意思的事情发生。

我们大部分时间都是靠惯性活着。
如果能稍微把惯性改变一点……
就一定会很不一样。

2021，继续做一个乐天的悲观主义者

你证我证，心证意证。
是无有证，斯可云证。
无可云证，是立足境。
无立足境，是方干净。

以上几句出自《红楼梦》，前三句为宝玉所作，后一句是黛玉的续，这段小诗可做世间解，亦可做出世间解。从世间法上说，“立足境”可以理解为世界观、人生追求和人生态度，在黛玉看来，真正纯粹的人生、真正干净的人际关系，是连“立足境”都不需要的。

不得不感叹黛玉境界之高。我想大部分人的一生未必敢放

弃“立足境”，相反，我们都是在寻找或者学习给自己一个“立足境”。有的人通过学业和事业，有的人通过爱情和亲情，即使一个相对浅薄的人生，也有他想要追求的生活环境和习惯。如果没有“立足境”，人的心是会十分空虚和不安的。

今早乘地铁外出上课，因早高峰人多，加之昨日南京大雪，故我早早便出了门。反向乘坐地铁两站至始发站，这样可以确保未来一个小时的漫长行程中我都是有座位的。能安稳地坐在地铁上，这也是一个小的“立足境”。

从候车到上车，我拍了三张照片，一张为车刚驶入车站时，另两张是透过车窗拍的外面的雪景。车缓缓起步，翻看这三张照片，竟颇有乘火车远行之感。于是决定做个怪，编辑朋友圈：“列车上。”图文并茂，发送。不多时回复接踵而至，果然，不少朋友问我：“要去哪里？放假了吗？”

读罢坏笑，觉得自己的卦砸得不错。又想了想，似乎有点捉弄人，内心不觉稍有一丝惭愧，但转念想到唐伯虎的故事，我很快便释然了。据说，当年唐伯虎曾和小伙伴翻墙到对面的院子去玩，唐伯虎先跳过去，结果下了墙就掉到粪坑之中，小伙伴问他：“安全吗？”他还告诉人家很好，结果小伙伴也掉入粪坑之中。

人生已经很苦，我们要学着找一点乐子。

乘车过了几站，再环顾四周，早已挤得密不透风，像极了春运。不同的是，车上几乎没有人讲话。不知谁的抖音突然响起：亲爱的乘客您好，您乘坐的 K2020 次列车即将到达终点，请您换乘 G2021 次列车继续前行，祝您旅途愉快……

列车、大雪、放假……又是一年进入尾声了。与其说是我的文案逗了大家，不如说是每个人的心里早已盼望着新年了吧。

每年的最后一天，我都愿意独自一个人度过大部分的时光，写一点东西，有时是一篇文章，有时是几句话。这个习惯从2009年一直延续至今，从未中断，因此，每到岁末的那一天，我会自动进入这样的状态。鉴于今天的特殊经历，再想一想明天的日程，我决定调整计划，提前一天完成这项工作。

一天似乎很短，但其实二十四小时可以发生非常多的事情，在博大精深的汉语中，“一天”也可以有很多的含义。1999年春晚赵本山老师的小品中，白云和黑土在对“昨天、今天、明天”的理解上就与主持人小崔发生了分歧。我也是在那一年，明白了原来这几个词，可以包含非常漫长的时间，因为它们可以指代“过去、现在和将来”。

时间着实太快，不觉中二十几年过了，彼年大家庆祝跨世纪的场景仿佛仍在眼前，须臾间，21世纪就进入了第三个十年。在踏入G2021次列车时，我想，我们每个人都有必要再想一想自己的“立足境”——重新确认自己的身份、旅程的目的地以及途中的心情。

确认这些东西是如此重要，因为这关系到一个人以怎样的情感底色和笔触去描绘新的一年甚至十年。

每到新年之时，国家会放假，家人会集会，很多人会在一起庆祝，他们期盼并相信新的一年会更好，这是一种积极的人生态度。亦有不少人，形单影只，他们好像对节日并无兴趣，人们一般会将这一类人归为消极。

我们习惯了归类和定义。虽然很多时候这种归类让我们的世界变得呆板和绝对，但这也确实方便人们互相确认，给予自他一个基本属性的判断。

如果给自己定义，我想我应该是一个乐天的悲观主义者。这种说法看起来似乎有些滑稽或人格分裂，但对于我来说是真实的，也是一种对自己最好的保护和对这个世界最大的善意。

2020 年，我们抗疫初步取得了胜利，中国人的生活复归平静。但 2020 年，不少行业陷入萧条，很多人也失去了生命，其中不乏科比、马拉多纳等传奇。在科技越来越发达的时代，无常并没有更容易被人类抗拒。

《晴雪夜》中有这样一句话："情不敢至深，恐大梦一场。卦不敢算尽，畏天道无常。"《道德经》中有"天地不仁，以万物为刍狗"。很多时候，对世界和人生以一种略带悲观的眼光去观待，未必是一件坏事，反而有助于我们收获更多的快乐——如果你认为世界是有序的，或者经过人的干预就可以完全变好，那结果也许会让你大失所望。如果你把世界的本质定义为杂乱无章的，那么在经过努力使其某一处变得好了一点之后，哪怕只是一点点，你的满足感必定会陡增。生命若是一摊淤泥，上面如能开着几朵莲花，那必是极大的安慰了；生命若是一袭华美的袍，却爬满了虱子，那定会让人非常难受。

如果我们能接受世界的不完美和非理性的前提，那么我们对别人的期待和苛刻也会减少许多，这也能令彼此的关系更融洽。

今天下午上课之前，还有些时间，我坐到奥体的肯德基里面，正准备看一本新买的书。旁边是一对情侣，他们在吵架。中国人爱看戏，我也不例外。书是读不进了，胡乱地翻着，注意力都在他们那边。

女：你能不能不要总是心不在焉的！我感觉你根本不是在和我说话！

男：那我在和谁说话？

女：你那根本就不是在说话，东张西望的，你就没有走心。

男：我怎么没走心？我在很认真地回答你的问题。

女：你还狡辩。(此时她正在边讲话边摆弄手机)

男：你现在不也是心不在焉吗？

女：我虽然在玩手机，但是我也在很认真听你讲话，你说的每句话我都在思考。

男：那我讲的道理你听明白了吗？

女：你讲什么道理根本不重要。

…………

我本来试图听清楚他们对话的逻辑，甚至听听事情的原委，在心里帮他们评评理。几句话下来，我发现我失败了，他们的对话完全没有逻辑可言，两个人根本不在一个频道上。于是我戴上了耳机，继续看我的书。

约半小时后，我收拾东西准备去上课，抬头看到女子的脸上露出了笑容，我知道，这是真诚的发自内心的笑。取下耳机，听到她说："难得你认错，我还挺高兴的。"两个人马上卿卿我我，腻歪在了一起。

果然，爱情小坦克，撞谁谁休克。不禁笑笑。其实很多矛盾在一开始就可以解决，因为不少看起来非常复杂的事情的解决思路非常简单——你做事本身的对错并不重要，重要的是你不要总觉得自己永远是对的。

这也是为什么我认为乐天的悲观主义是如此重要。这种态度绝不是心如死灰，而是在一些情境下，我们能不能允许有另一种和我们不一样的观点去主导事情的发展，并能够接纳其带来的结果，即便你一开始就非常确信那种观点并不一定高明。

还有很多时候，事情的好与坏，本身就在于我们的定义，这个定义只源于我们个人的经历或习气，却并非事情的全部真相。听过一句很“禅”的话：“坏消息是，你正从高空下落。好消息是，没有地面。”类似的还有一个笑话：“坏消息是，我们被困在了孤岛，再也走不出去了，以后只能靠吃牛粪过活。好消息是，牛粪多得是！”

不要害怕略带悲观地看待我们的生活，因为这种悲观的深处，往往蕴藏着极大的乐观，不要害怕生命中不完美的角落，阳光自会在每个裂缝中洒落。

我们习惯的正常并不是生活的唯一

金陵的冬终于到了，气温直逼零下，前几日还下了今冬的第一场雪。

江南的雪从来不会覆盖整座城，雪往往随下随化，那种“二八笙歌云幕下，三千世界雪花中”的画面大抵不会在南京出现。江南的冬，亦不会天地一笼统，走上街头，仍然是缤纷的景象，很多人已冬装上身，然而也有魅力一族，他们依旧美丽“冻”人。

看着这些不同的装扮，对这个形形色色的世界的好感又增添了几分。

上个礼拜六，我在老门东的南京书画院上课，午休时间较长，遂徜徉到不远处秦淮河畔的夫子庙景区。行至平江府路与乌衣巷的交会处，发现该区域新增了许多造型别致与颜色鲜亮的小房子。走近观瞧，这些小房子显然是一个个商铺，虽还未全部开张，但从现有的模样来看，大概是甜品屋、西餐厅、小酒吧、玩具礼品店等。整条街以音乐为主题，格调清新，年轻化。原来这是一条新的商业街区，名为“More in Lute”，中文名是“琵琶街”。

当时甚觉奇怪，因这条街的设计并非传统中式风格，无论色彩还是建筑的外观都有西方构成主义的诸多元素，而夫子庙本身是中式景区，琵琶也是中国古典的乐器，那为何会有此种风格的一条街出现呢?

继续走，继续欣赏和观察，又发现每个建筑上都有一个标志，上面写有×××大学大学生创业项目，我还在其中看到了母校南京林业大学的字样，原来是政府对大学生创业的扶持。又查询“Lute”一词，方知此词并不单指中国的琵琶，而是一种曲颈拨弦琴的统称。在文艺复兴时期，Lute是欧洲最流行的家庭独奏乐器，若音译成中文，应为“鲁特琴”，吉他、中国琵琶、日本琵琶都可以包括在内。

觉得此条街颇有意思，拍照发到好友群中同大家分享。一些朋友对此商业空间的打造表达了赞赏，这些自不必说。还有一种声音，颇引起我的留意，有朋友说："为什么我的第一感觉是读了大学还得摆摊?"

当时并没有回复什么，也不知该如何回复，因这种观点的确让我陷入了深深的思考。几乎一整个下午，我脑海中都在盘旋两个问题：一是读了大学就不能摆摊吗？二是如果不应该，是为什么呢?

在中学时代，考上大学几乎是每一个学子唯一的目标，繁重的学业压力、有限的阅历和思维能力让我们无暇也无法对为什么要读大学、如何选择专业以及读大学后该如何生活进行深入的思考。彼时只知道高考是竞争，是独木桥，好多人一起争一条通道，必定会有被挤掉的，而我们要做的是努力成为留下来的那个。所以，但凡对上大学有一丝渴望的人，都在努力着。

这当然没有错。但我想，经历过这样一番争斗之后，我们是否有必要进行一下反思：我为什么要通过这座独木桥，挤过如此狭窄的通道之后，我应该收获的是一片怎样的天地呢?

记得语文课学过的经典名篇《桃花源记》中有这样一段话："林尽水源，便得一山，山有小口，仿佛若有光。便舍船，从口入。初极狭，才通人，复行数十步，豁然开朗。土地平旷，屋舍俨然，有良田美池桑竹之属。阡陌交通，鸡犬相闻……黄发垂髫，并怡然自乐。"

我不知每个人是如何理解这段话，又是怎样看待读书与人生的关系的。在我心里，我一直将高考视为那个通往世外桃源的山之小口。通过之后，路不应该是越来越窄的，而应该是四通八达的，世界应该是越来越多彩的，人生应该是越来越丰盈的，心情应该是越来越欢喜的。就好像窦文涛在节目《圆桌派》中所说的："我有个朋友，学历很高，读了很多书，他太高了，高到什么程度呢？高到后来他不容别人对他的观点有一点质疑，甚至他人稍有微词，他还会因此发脾气。那在我看，他读书读到这种境界，这书不就白读了吗？"

赞同！

是否读了大学就不能摆摊？摆摊对一个受过高等教育的人来说有些"掉价"吗？工作只能从事自己大学所学的专业吗？难道人生从十几岁的时候就已经固定了吗？我无意评价他人对读书的理解，更无智慧对上大学与人生的关系下定义。我只是想说，人生，可以有非常多的可能。

20世纪的香港，有这样一个现象：香港的街头有不少卖腊味和卤煮的小店，很多都是世家，祖祖辈辈做这个营生，且不分男女。不少香港女孩小的时候就跟随父母卖卤煮，经营了十几年，也许赚到了点钱，然后就出国留学。三年下来，书读完了，又回到香港，她们并没有到大公司上班，仍然守着那份家业，还是日夜卖着卤煮。在她们眼中，花钱留学是一种消费和享受，而不是一种投资。读了书，增长了见识，陶冶了内心，就可以了，并不一定要取得什么现实的收益和回报。

这是一件如此文艺、有趣而又温暖的事情，让我感到那些卤煮的烟火气，仿佛都飘着书香。我想，这些女孩，她们的外在仍然是一个小摊的摊主，但她们的内心已经不一样了，甜美而宁静，雅致又有故事，这种从容的气质与心境应该会陪伴她们一生吧？

那一刻，好似对古语"书中自有黄金屋、颜如玉、千钟粟”有了更深刻与真切的理解。古人从来都没有骗过我们，这几样东西，书中是真的有，只是这书，我们要真的用智慧、用心去读才行。

不觉还想起犹太教的那个卡巴拉神秘主义，那些人把《圣经》的每一个字都标上数字，然后去寻找数字之间的关系，以此作为对《圣经》的正确解读。看起来多么愚蠢和荒唐的事情?！我相信几乎没有人认为把文字转换成数字，再以数学的逻辑去思维才可以读出文字的真意吧？但这件事却发生在智商最高的犹太人群中。与此异曲同工的还有佛教，每个人都知道佛教的精神是“大慈普度”，解救一切众生的苦厄，正当我们想着“多么感人的佛陀，他一定是一个非常温暖的人吧!”之时，其一句“众生生死如视戏”马上将你认为的“暖”降到冰点。

我们太习惯以一种固定的递推的思维方式去看待我们的生活，或者说，我们有点不太敢用其他的角度去观察和经历我们的人生。其实人生应该是多元的，对一个人的评价和一个人对自己人生意义的定位也应该是多维度的：想要有高度，就深耕本专业知识，往金字塔尖走；想要有厚度，就多经历人和事；想要有深度，就多读书和思考；想要丰盈，就研究文学和艺术。如《桃花源记》所说，阡陌交通，人生之路应该是交错的、丰富的，如此才是畅达的。

相声里有个经典的段子。逗哏的问捧哏的：“考你一道题，相声的四门功课，说、学、逗、唱，都有什么啊?”捧哏的说：“您这叫什么题啊，我答不上来。”逗哏的又说：“答案就是说、学、逗、唱啊，谜底就在谜面儿上啊。”

虽是笑料，也有几分深意在：我们习惯的正常，并不是生活的唯一。

小雪杂感

——人间的一切坚固与柔软，都是自然而然

今日小雪。

古籍《群芳谱》有载：“小雪气寒而将雪矣，地寒未甚而雪未大也。”有句俗话“小雪到，冬始俏”，自这个节气开始，冬天就渐渐有了本该有的样子。

而这些话大抵是对中原或更北方地区而言。前几日故乡下了大雪，铺天盖地，俨然已是深冬模样，南京的初雪却未到来，照以往经验，这第一场雪怕是要等到圣诞了吧。

在习惯了快节奏和提前消费的大都市，唯有自然季候的变迁仍是从前的样子，给了我们相对漫长的等待期。其实很多时候，稍微长点的等待未必是一件坏事，绵长的时光，可以让人们沉淀许多东西，让灵魂也有了厚度，熬得过万丈孤独，才藏得下星辰大海。

相比于超前享受，我是一个更钟爱延迟回报满足的人。就好像在雪还未下的时候，我仍然能安住和品味当下的秋天的颜色。

今晨朋友圈看到一篇图文，名为《金色南林》，是南京林业大学的两位专业摄影教师以航拍的方式，用镜头记录下了尚未飘雪的母校的初冬美景。

关于南林的校名，有许许多多有趣的哏。母校的前身为中央大学森林系（1902）与金陵大学森林系（1910），1952 年合并组建为南京林学院，是当时全国仅有的三所高等林业院校之一，1985 年更名为南京林业大学。因其背景不凡，故在老南京口中，曾有“中央皇家林学院”的美誉，当然，也有对南林不待见的群体，他们称南林为“南方种树大学”。而在一贯热爱母校的南林师生群体中，“北清华、南林大”的口号一直被喊得响亮。

无论怎样，南林的树多是不争的事实。作为南林学子，又是环境艺术设计专业出身，却园林树木学和观赏植物学双挂科的我，着实惭愧。但扪心自问，我是深爱着这所“种树大学”，也深爱着母校的植物的。我爱八角金盘的奇，爱洒金桃叶珊瑚的闪；我爱水杉的挺，爱红枫的艳，我当然也爱樱花的空灵和海棠的烂漫。

今日看到老师们镜头下初冬的南林，又见马褂木、银杏、枫香、乌桕簇拥着教学楼，又见红橙黄绿渲染下的校园，一切是如此亲切。目之所及，皆是回忆，好似每一棵树都有名字，仿佛每一条路都写满了故事。

不觉间，“忽有故人心上过，回首山河已是秋”之感涌上心头。如果说绚丽的春夏应该在运动场上尽情挥洒，那么清冷的秋冬，自然适合关起门怀旧了。

有人说，上了年纪的人才会怀旧，其实不然。每个有记忆和思维的人，都会怀旧。一个刚上小学的孩子，也会想念自己幼儿园的小伙伴的。今天读到一篇文章，其中有一句话令我感动——我害怕我会忘记，忘记我们那安静却又难忘却、短暂却又快乐，伴有琅琅读书声的日子。

于是，又在网上读了不少关于“怀旧”话题的文章，有文章说：“怀旧，一般表现为美化故乡，感叹夸大过往的人和事，其中更多的是优点，甚至忽略了不足，呈现出了想象胜于实际的特征。”还有心理学研究者分析：“怀旧是一种心理防御机制，当人面临矛盾和冲突的时候，就会通过怀旧，寻求心理上的安全和保护。”还有人说：“怀旧是一种软弱。因为你一旦怀旧了，意味着某种层面上说，你相信自己的未来不会比过去更好了。”

若从上述文字来看，怀旧似乎确实是示弱的表现。弱者往往害怕变化，追求确定与安稳，而强者深知，人生没有什么是可以预知的，唯一能预知的就是世事难料，必须不断强大自己，去抵挡随时到来的不确定。

对于这一点，我是赞同的。但是，我们不可能也大可不必每时每刻都是强大和坚固的，一处柔软的角落可以并值得在我们的心中占有一席之地。如果说人们心中的金戈铁马之处供奉着某种信仰或一个伟大的梦想的话，那么，还应该有一处落英缤纷的桃源，那里存放着一些美好的回忆或令人愉悦的小情趣。

遗憾与可悲的是，我们越来越鄙视这种柔软，越来越不能包容他人可能有些另类的小情趣，甚至，连怀旧都不被允许了。而这一切，大抵都与这个快速的不断变迁着的时代有关，与我们不愿做一个延时回报满足者有关。

春耕、夏耘、秋收、冬藏，春日的播种要经历一整个炎热的夏，秋天才陆续见到收成，冬天才可以安稳地享用，这本是自然规律。人生也是这样，付出了汗水，也许几年，也许十几年、几十年，甚至一辈子，才看得到回报。

这也是为什么内心中有一方柔软是如此重要。如果人生只是完成既定目标，那么这付出与收获间的漫长的岁月，我们要怎样度过呢？从山脚到顶峰，如果只是攀登嶙峋的怪石，却无半点鲜花与草木，从此岸到彼岸，若只有汹涌波涛中的划桨，竟没有几条游鱼和三两只飞鸟，这艰辛而又枯燥的过程，让我们如何承受那煎熬呢？

心中有柔软，并不代表任性和矫情，或没有目标，或非理性。有智慧的人完全可以既享受当下，时时刻刻令自我和他人感到愉悦，同时，他们又保持着绝对的清醒，断然不会舍弃自己的使命。自古以来，大成就者或者文学艺术大家都是如此。《心经》中有“揭谛，揭谛”，《如梦令》中有“争渡，争渡”。“揭谛，揭谛”是让人们去经历，去开悟，去从红尘俗世渡到极乐清净的彼岸；“争渡，争渡”则发生在“沉醉不知归路，误入藕花深处”之后，都有从当下的混沌中奋起觉醒之意。

中国传统文化的儒释道三家，儒家治世而成圣，道家治身而成仙，佛家治心而成佛，看似三个方向，实则殊途同归。三者都是一边改造世界，一边完善自我，而他们又清楚地明白：最好的自我完善，其实是可以平和地接纳外境与自我的不完善。娑婆世界是忍受不完美的世界，而极乐世界是接纳不完美的世界。世界是同样的世界，心境是不一样的心境，一者红尘，一者净土，这就是凡夫与圣贤的区别。

所以，无论坚固与柔软，都是自然而然，人生之路，本就应是自然之路。不放弃自我追求，但不可急功近利，更不应偏激执着，要会放松，懂舍得，既志在顶峰，又可垂爱登峰过程中的奇花异草。

又想起老门东一家酒馆墙上读到的八个字——“有酒学仙，无酒学佛”，真大境界也。

从前慢，现在也慢

从前慢

木心

记得早先少年时
大家诚诚恳恳
说一句，是一句
清早上火车站
长街黑暗无行人
卖豆浆的小店冒着热气
从前的日色变得慢
车、马、邮件都慢
一生只够爱一个人
从前的锁，也好看
你锁了
人家就懂了

2020年初的日子过得很慢，常常分不清星期几，甚至连日期都懒得去记了。不敢想象，这个繁华时代的都市竟然会难见行人，为数不多的走在街头的人都戴着口罩，这场景是我过去只在电影中才看到的。

其实，写字读书、烧饭撸猫，本就是我生活的常态，也是我喜爱之事。又有手机、网络，接受讯息与对外联络都颇方便，因此，窝在家里的日子我并不觉得难过。然而，闭关久了，不时也会惦记外面的花花世界。那一日，偶然书窗梦醒，决定出门走走，遂戴上口罩，到城南的老门东逛一逛。

走上街头，行人依旧疏疏朗朗。人间疫情警报虽未解除，但自然界中早已是春意盎然了，片片飞花、丝丝柳絮，果然“春在枝头已十分”。

居家是在桌案前与笔墨纸砚打交道，若在外面，欣赏山山水水，当然少不了拍照这一动作。我不懂摄影，但我喜爱用镜头记录所见所闻，以此表达自己的所思所感。

文艺本是相通的，文章、书法、美术、摄影，都是画面，只不过表达画面时所用的语言不同。这画面，描绘的多是自然，又绝不单单是自然，这自然中，一定少不了人、物、情，少不了人与人之间的关系，少不了人对自然和社会的反映。

因此可以说，文艺作品不但画自然，更画人心。

一个文艺工作者，即使没有卓绝的天赋创作出令人叹为观止的作品，但至少也要对诸多事物有自己独到的见解，不可流俗。我的导师尹安石教授曾说过一句话：“画师当辟千年境。”这句话对我影响至今，而且，每一年，我对此话都有新的思考和理解。我想，这是让我愿意一直用一种特殊的角度观待这个世界的原因。

在老门东采风的途中，有两处并不为人们所注意的景深深吸引了我，而这两个景，竟然都是平日眼中冷冰冰的墙。

第一处墙，上面留下了爬山虎干枯的影子。这是一处纯粹的自然景观，它是具象的，但若以墙为底，爬山虎风干的枝叶便成了画，故而又有着强烈的抽象之美。当时被其吸引，停留许久，越看越觉得有味道，不禁当场写下一段文字：

墙

在我眼前的，是一面墙，白
春寒的余威和电子镜头的加持
使得他
有些泛蓝

他的身躯
是伟岸而又瘦削的
些许枯枝与败叶附着其上——
那是去年盛夏
爬山虎与他热恋时留下的痕迹

风干的小果、枝丫与黄叶
以他的身躯为画布
疏密得当地跃然其上
这些点、线、面，构成了一幅
天然的画

这超拔于人工的抽象自然之美！

我为他驻足——春天里的一面像极了深秋的墙

另一处墙其实是景区建筑不同材料的外立面。不同的材质功能不同，呈现出的外观也不同。若仔细看，每种材质的表面有着不同的凹凸质感，这被设计师和画家称作“肌理”。

其中一堵瓷器碎片装饰的墙面吸引了我。那面墙上布满了瓷碗、瓷盘的碎片，一部分是没有花纹的瓷，另一部分的瓷上则有青花图案。看似凌乱的画面，走近仔细端详，发觉乱中见整，竟可读出书法的味道：粗糙的墙面，瓷器碎片压入其中，使墙的形象更加粗犷了，一如古代的青铜器和石碑；尖锐的碎片棱角，像极了书法中苍劲有力的线条；碎片间百转千回的沟壑，就仿佛字与字间的留白，那恰到好处的萧散空间，让人感到了生命的律动。

好似呼吸之感！在这一瞬间，我想到了《散盘》。

当然还有其他材质的墙。我留心去看，其中大多数都找到了与古代碑帖相近的元素。这让我相信了“师法自然与造化”一说，并非故弄玄虚，古人都是在对自然和生活细微的观察和品读中开启自己的艺术思维的，米芾拜石，原来真的不是传说与笑话。

很多时候，身边看似呆板的东西并不是没有生命的，它们其实也有语言，若你对它们付诸感情，愿意敞开心扉去读、去交流，就会发现它们好似也在用自己的话语和你进行着交谈。

生活中从来不缺少诗意，缺少的是诗心。某些事物在某些层面上说，并不是它们本身是什么，而是我们要用怎样的眼光去看待它们，用什么样的心和它们交流。

在自己的房间走路

2020 年初，新冠病毒肆虐，响应国家号召，终日居家不出门。

吃罢早饭，坐在书房中。

朋友发来微信，引发了一场平常而又不太平常的对话。

——在干吗？

——在走路。

——这个时候出门散步？胆儿真大。

——我在书房走路。

——怎么走？

——想写文章，写不出来，急得直跺脚，可谓“原地踏步”。

——……你从来都没有正形儿。

我很喜欢走路。

儿时上学的路，我都是独自走。那时没有超市，只有小食杂店，而这些小店完全可以满足一个孩子的需求，如歌中所唱“福利社里面什么都有”。如果口袋里还有几毛钱，那对一个孩子来说，就是最幸福的事情了。

我经常到店中买自己喜欢的零食，打开包装，倒进衣服口袋，藏好。路上是不舍得吃的，因为要留到上课时偷吃。

上大学后，学校有一条路，路边栽满了樱花树。清明前，一树一树的花开了，空灵至极。我喜欢一个人在樱花路上漫步，赏樱花，也看一看赏花的人。

即使不够美丽，自己也自然成为那条路中的一景。

现在出不了门，只好在家中走。

从厨房踱步到客厅，由客厅又走入卧室，几十平方米，很快整个家就走遍了。即使谁富有到有几层楼的别墅，也不过那么大的空间，怎么走，也走不了几步的。

但倘有一间书房，的确是可以散步了，因无论读书、写字、作文，都是一种精神上的欢娱，是在走“心灵之路”。

荒凉之地，殊有清旷之致。当外界的繁华流转，大千世界突然被造化按下了暂停键，就是在告诉我们：

是时候走一走自己的心路了。

在那片树林间，是海

疫情形势仍然严峻，晴朗了几日的金陵，今天又阴沉起来了。

走进书房，打开桌灯。灯光昏暗依旧，桌上摆着昨夜入睡前准备好的纸和笔。稍显暗淡的灯光打到钢笔之上，在白色的稿纸上留下阴影。再看看桌上的其他物件，书本、手机、墨汁瓶、笔架、砚台，每一种都在桌面上投射出具有自身形态的影子。

在相同的对境中，人与人仍然有不同的状态。你是什么，你投射出来的就是什么。坐在桌旁，心平静如往常。

我本不是一个生活特别有规划和条理的人，反而是这一段特殊的时间让我的生活规律起来。回顾这半月的时光，感悟颇多。其实不能外出的日子，给了我们做许多以往不曾做或不常做，但却很重要的事的机会，也给了我们一种重新体验平时为我们所忽视的生活的助缘。

除做日常家务和读书学习之外，每隔两三天，我和孔老师会与两边的父母视频通话，电话里长辈们一如既往地唠叨“少出门，注意防护”，同样的话每次都会重复，通话时感到厌倦，通话后又会感受到浓厚的亲情和关爱。

每晚还会和朋友一起玩游戏，其实早已过了痴迷游戏的年纪，游戏不过是个媒介，重要的是游戏中大家可以语音聊天。有些是从前常见面近期却不能相见的朋友，有些是许久不联络的故交，友人们分享有关疫情的讯息和平日生活的情况，并互相表达关心。

身体上相互隔离了，但大家的心反而更亲近了。其实，平日匆忙的我们是极少有时间和心思去体验这些平常的幸福的，也正是这个时候，很多人才感叹，有家人和知心的朋友是如此地重要。

曾经读过一些关于家庭的文章，有观点认为：家庭的起源是人类有共生的需求，人类从群居到独居，最起码的要求也是两口之家。因为人的能力有限，总有自己需要做却不能独立做到的事。比如，男人不擅长针线，女人搬不动重的东西，等等。但到了现代社会，这种情况似乎出现了转变，非常多的职业分得更加细微，加之服务行业兴起，只要有钱，似乎我们的一切生活所需都可以得到满足。

基于此，一些论调宣称：在家庭功能越来越被外包，人们的生活需求都能被科技所帮助时，人类就不再需要家庭了。

看似有理。但在这个紧张的时刻，保姆无法上门，服务员不再服务，上述的论断就显然有失偏颇。此时拥有一个温暖的家庭和稳定朋友圈的重要性就突显出来：有钱买不到口罩，但有人愿意出门给你送口罩；平时未必在意的眼前人，正在为你准备一日三餐…… 恍然发现，原来，一年、两年……十年，他们一直在这样为自己默默奉献着。

家庭成员，固然具有某种合作伙伴的性质，家庭也承担着诸多解决肉身存活问题的现实功能，但更深刻的是，家庭生活是一种精神的关怀，成员彼此间的关爱，给了人幸福的体验。

当静下心来，我们会发现，这种家庭成员的稳定认同感和互相关爱的体验带给我们的真实性和满足感，会大大超过我们所拥有的物质财富和社会身份，更远胜一些浪得的虚名了。我们也会明白，生活的真实性并不完全等于理性，生活的意义也从不在论文中出现。比如，关于爱的体验，哲人奥修在《生命的真意》中有过一段精彩的论述：

> 如果你从来不知道爱，当有人谈论关于爱的事情时，你会听到那个字，但是你会错过那个意义。那个字在字典里面，你可以查字典，然后你就会知道它的意思。但是爱

的意义只能在你的心里面，意义来自体验。

如果你爱过什么人，你就知道“爱”的意义了。如果你已经知道那个体验了，那么“爱”这个字马上就不再空洞了。

的确如此，生活中对很多事情的认知，并不来源于书本和教言，而来源于有心人用心的亲身经历。这样的觉知，才是真实的。

不禁又想到一个故事：

在大阪有一座海滨寺庙，16 世纪最伟大的日本茶道大师千利休生活在那里。

在这座寺庙的门口，人们本可以清晰地看到大海，然而，千利休却修了两道篱笆，将海景阻隔于寺庙之外。与此同时，他在篱笆边放置了一个石盆，当来访者弯腰从石盆中掬水时，他可以从篱笆缝中看到无垠的大海。

对于此举，千利休引用诗人宗祇的诗来解释：“这里，只有一池水。在那片树林间，是海！”

对于这一颇有玄机又略显荒诞的行为，每个人都有自己的解读。有的人说，在困境中，也会有一丝希望；也有人说，窥一斑可知全豹；还有人说，从掌中掬水的倒影里看到自己，再看到大海，会意识到自己是多么渺小。当然，会有懂园林设计的专业人士试图用自己的专业知识进行解读：“这是日本园林的造景手法。”我们几乎还可以断言，也一定有人认为大师的行为是多此一举甚至故弄玄虚。

我无意去评价每一种见解，这个世界上存在太多不同的声音和观点，但我相信每一个观点的背后，一定是一种不同角度的人生体验和思考，而这种体验和思考，造成了人和人的差别，从而影响了他们生活的态度。

有人说，这次疫情，是给飞速前进的社会来了一个急刹车，因为物质世界进步太快了，精神世界却没有跟上。这一说法确实有一定道理。我们一直在追寻“结庐在人境”的欣欣向荣的生活状态，却没有“而无车马喧”的精神境界，更加没有“问君何能尔，心远地自偏”的见解和定力。而无论物质的富足，还是精神的丰厚，此二者于生活而言，重要性本应是不分伯仲的。

关于池水和大海，我欣赏在困境中也抱定希望的解读，就像我在把手写的文字录入电脑之时，阴沉的天气已经开始放晴一样——穿过篱笆，就是大海；疫情过去，春暖花开。而在尚未解封的此刻，我们当下有一个很好的体验生活真意的机会，即重新审视你的生活：

在不平凡的时刻体验平凡的日常，于平凡的日常中体验出不平凡的幸福真意。此中有真意，欲辨已忘言。

春节，独自在书房偷欢

一个紧张又冷清的春节。

每天清晨，最先做的事当然是打开手机，关注疫情的讯息。被感染的人数在不断增长，而被治愈出院的人也在增多，大家普遍是一边继续着焦虑，一边也充满了信心。

在抗击疾病的过程中，从武汉封城，到其他省市各大景区的关闭，再到民众主动减少聚会与外出，可以说，封闭与隔离成了这个春节的主题。

然而这种封闭，应该是指在地理与身体层面，我们不应该随之禁锢自己的思维和心灵。看到网上又出来很多负面情绪与争论：有人提倡中医可以介入治疗，马上就有人说中医都是扯淡；有人刚发布向武汉捐助物资的渠道，就有人说此渠道是诈骗；有人稍许致敬医护人员，就有人不停地揭露医院的黑幕……

诸如此类，一个观点出来，很快对立的阵营也随之产生，于是双方开始唇枪舌剑，大有把当下主要矛盾从人与病毒间转为人与人间的态势。

抛开疫情这个热点，我在想，难道我们就一定要这样吗？

有些时候，对于自己是一个体制外的闲散艺人，我是有些失落的，因我并不精通时下很多时髦的东西，如互联网、房地产、金融、管理，甚至并不很懂政治。但同时，不少时刻，我又很庆幸自己有这么多的“不懂”。这种“不懂”，让我的思想少了很多纠结和因专业知识丰富所带来的烦恼，让我的心更平和。

几年前曾经读过梁文道老师的一本书，今天突然想起其中一段评论非常契合当下的时局，于是翻箱倒柜，找出这本书，寻到其中的那段话：

和任何封闭的团体一样，所有极端的声音都会牵制整体的走向，逐渐把温和变成必须排除的异端。终于，原来开放的世界变成了一个个自我封闭的小教派。每一个教派成员都在自己的团队里找到了归属感，天天反刍同类人的意见，巩固原有的主张。最后，我们都成了不同俱乐部的"网友"，看不见"公共"的存在，都肯定各自真理的极端，和部落没有什么两样。

此话说得当真好！其实，真理和真相可能从来不是一个定论，科学探索的过程不过是一个不断扬弃的过程。但有人愿意相信吗？或者说我们有勇气和心量接纳这样一个观点吗？那就是你对自己所谓专业知识和职业圈子的笃定，很可能是另一种迷信。只不过，这种迷信占据了主流话语权，披上了专业与真理的外衣，从而变得更加隐蔽和具有欺骗性了。

再谈到更与我们每个人的日常生活相关的层面。

这个春节，不似以往热闹，然而，谁又可以规定和强迫每一个人的节日必须过得热闹呢？热闹有热闹的喜，清净有清净的乐。当打开手机中的社交软件，不仅以往的朋友圈旅行摄影大赛停止了举办，甚至连年夜饭的 PK 大会也几乎销声匿迹，这样清净的节日，是如此难得，难道不能带给我们另一种美妙的体验吗？

有观点认为：才思卓越之士，往往偏好孤独，孤独对他们来说，简直是生活的必需。于我个人而言，我绝非卓越之人，但我对都市生活中难得的孤独亦是偏爱有加的。

初一早上，接到朋友发来的微信拜年消息，隆重向我推荐了春节的旅游热门线路，即客厅→厨房→卧室→卫生间的循环游线路。读罢信息后大笑，欣然回复："谢谢。但以我的家庭条件，此行程我可享受豪华升级版，因我的路线中还增加了书房。”

家里有三室，两间卧室，一间书房。爸妈不常住南京，平日客卧便成为孔老师的画室。这般，我二人极奢侈地一人拥有一间工作室。今日吃罢早餐，我对孔老师说：“一人一间房，互不干涉私生活，有事微信联系。为避免飞沫传染，请不要发送语音。”两人遂相视一笑，转身分入两室，她画画，我看书，各自做自己喜欢的事。

书桌前坐定，随手翻看一本闲书，体会着这不同以往的节日气氛，体会这难得的别具一格的宁静的喜乐，细细品味，那种“别是一番滋味在心头”的诗情画意，倒也真的有了几分。

不觉又想起香港著名的作家与传媒人马家辉先生曾谈到他与妻子的生活。他们夫妻二人会不时在家中分居，也是一人一个房间，各自工作、睡觉。累了，想起了对方，就发一个短信：“我们半小时后约会一下。”然后，两个人如期在客厅见面。也许妻子会化个妆，家辉先生会穿上一件帅气的衣服，两人煮一壶咖啡或泡两杯茶，吃点东西，随意地聊聊天。

似这般，也许颇有几分孤独，但取而代之的是数不尽的惬意与浪漫。如此，谁又会拒绝呢？

其实，肉身上的形影相吊不一定是不幸福。记得几年前听过一种观点，说一些人总是一个人吃饭、旅行，甚至一个人过节，有人非常不能理解，甚至会悲悯他们的孤独。然而，其实人家并不孤独，这些人往往有一个非人的事物陪着他，可能是一支画笔、一本书、一部相机、一串念珠。这个非人的事物，在扮演着一个拟人的角色，这事物，才是他真正的伙伴。

当时的我亦是颇不解，只道是有些人故作高深，如今再看，不禁暗自赞许，因自己也有了相同的体验。

在不出门和不聚会的日子，有些人是被动承受，度日如年，而有文艺梦想和信仰的人是断然不会空虚和寂寞的。因他们一直在旅行。倘说厨房、卫生间、卧室只是满足了一个人的生物属性，那书房则显然让这次旅行有了灵魂，多一个书房，就多了无限的趣味和可能。

我没有为任何一种观点辩论的智慧，但我希望自己可以有为不同寻常的生活方式辩护的机会。有时候，我们可以把自己从既有的观念和争论不休的话题中解放出来，走进书房，与一个似人的非人伙伴待在一起。

疫情终会过去，我们完全有理由相信春暖之时，每一个人都可以走上街头，欣赏春花的烂漫。然而现在，我们仍然可以享受“岁寒有清欢，拥炉待茶烟”的宁静喜乐。

倾听・乡愁与乡俦

半月前归家，在家度过了跨年夜。有朋友笑谈我很自由，也很时尚，给自己放了个“双蛋”（圣诞和元旦）的假期。而实际上，这种假期于我实是奢侈，自读大学起，我已十几年未曾在故乡跨年了。

“此夜曲中闻折柳，何人不起故园情。”闲暇与孤寂之时，有哪个人能不思念自己的故乡呢？

在作家笔下，思乡之情普遍带有一丝忧郁，她是小小的邮票，也是浅浅的海峡，她是没有年轮的树，是清远的笛，是模糊的怅望，是雾里的挥手别离。当然，也有极理智和幽默的作家——阿城曾说：“人还未发育成熟的时候，蛋白酶的构成有很多可能性，随着进入小肠的食物的种类，蛋白酶的种类和结构也开始形成以至固定。例如，小时候没有喝过牛奶，大了以后凡喝牛奶就会拉稀泻肚。那么所谓思乡，我观察了，基本是由于吃了异乡食物，不好消化，于是开始闹情绪。”一席话，把乡愁解释得风趣至极。

我没有巧妙的文思和动人的笔墨，但对于乡愁，我也有自己的感悟。

对于东北人，很多南方朋友的认识一直停留在“贼能喝”的层面上，在北京学画时，就听到南方的同学说什么“北上广不相信眼泪，黑吉辽不相信喝醉”，当时忍俊不禁。东北的确有自己独特的酒文化，也有一些酒场有拼酒的风气，据说哈尔滨人的行酒令是：“松花江上起波纹，谁不干杯谁是儿。”然而东北人并非有特殊的解酒体质，只是身体强壮与性格豪爽给了外地人酒量极大的错觉。

客居他乡的东北人心中最惦记的当然不只是酒，更多的是冰雪、季候与故乡的人事。

从南京回到东北，伴随着温度与自然环境的极大差异，整个人的身心体验也随之化为两极。在江南，天气温润，赏的是台城烟柳、故里长干；在北方，一夜风雪，天地白头，观的则是孤寂的山亭和萧索的园林。

“冰冻三尺，非一日之寒。”许是这句话给了我心理暗示，每每回到故土，见到苍茫的冰雪，便让我感到厚重，整个人的情感和表达也不觉变得深沉起来。

有爱便有执着。离开故土愈久，便愈能体会宋之问“近乡情更怯，不敢问来人”的心绪，迫不及待地想了解故土与故人的近况，关心他们的点滴，又十分害怕听到陌生、疏远，或哪怕一点点不好的消息。

离乡十载，随着成长，心力逐渐增强，近几年又参加了很多活动，在公开场合抛头露面的机会不少，怕生、害羞这一心理关我已是基本过去了。但从根本上说，我确信自己是一个内向的人，并不擅长表达自己的感情。因此，无论在家中同父母的相处中，抑或是与老友的聚会上，我都不是很健谈。

反之，我更习惯于倾听。我亦将“倾听”当成另一种表达，一种自己独有的，具有仪式感的对故乡人事思念的方式。在我看来，真正的倾听，是一种非常神圣的行为。

聚会的大多数时候、大多数人更希望表达自我，喜欢在舞台中央表演。此时，一定需要在一些卑微的位置，需要在台下一个不惹人注意的小角落里，坐着哪怕一位静静听讲的人，如此，台上的表演才有了意义。

有的人爱高谈阔论，宣说自己非凡的经历和高卓的见解；有的人则絮絮叨叨，仿佛永远吐不完生活的不公和心中的苦水。有的人正襟危坐，讲话掷地有声；有的人轻松诙谐，言语令人捧腹；有的人不卑不亢，有的人虚张声势……

然而不论怎样，只要听讲的人用一颗专注的、清净的真心去听，都可以从他人的发言中听到“真”，听到人间的疾苦与温情，听到人性中的善良和慈悲，从而忍不住想笑，或者是落下泪来。“弦弦掩抑声声思，似诉平生不得志。低眉信手续续弹，说尽心中无限事”，这是演讲人的常态；而“今夜闻君琵琶语，如听仙乐耳暂明”和“座中泣下谁最多？江州司马青衫湿”，则是倾听者的境界。

每个人一生的长度相差并不大，但如果能做一个认真的倾听者，则可以伴随很多人的生命轨迹前进。倾听者可以拥有更多的故事，收获更多的知音，从而让自己的人生旅程更加精彩，生活更有滋味，生命更加丰厚。这应该是造化对倾听者的恩赐吧。

再谈回关于乡愁的表达。倾听又何尝不是一种很好的方式呢？在故乡，聚会的餐桌前，逛超市的过程中，影院中一帧帧闪过的画面，目之所及，心之所想，皆是回忆与过往。此时，断然是不需要过多的语言的。

只需要倾听。从这倾听中，就可以听到岁月的更迁，也听到人心的流变。

然而无论怎样变，对故土人事的眷恋是不会改变的。与其说是乡愁，不如说是乡俦。故乡的人事和风情，是我永远愿意倾听的对境，也是一生心中牵挂的伴侣。

漫步桃叶古渡

昨日结束了暑期的全部课程，迎来了迟到的暑假。其实早就过了立秋节气，早晚都有了凉意，再谈阳光、沙滩、海浪已不合时宜，索性打消了海滨之行的念头。想来，这是我第五个没有海的夏天了。

好在金陵景美，倒也不令我孤寂。没有大海，可以退而求其次——到河边走走，于是来到了桃叶渡。

桃叶渡在南京秦淮区地界，南起贡院街，北至健康路淮清桥，与夫子庙景区毗邻，自古就是一个渡口，秦淮河经流于此，“桃叶临流”亦为金陵四十八景之一，久负盛名。桃叶渡因地处江南，故原名为南浦渡。关于“桃叶渡”名称的缘起，有两个传说，都来自东晋。

一个是彼时秦淮河两岸栽满了桃树，起风时整个渡口桃叶飘零，煞是好看，艄公望此景，谓之桃叶渡。

另一个则是相传大书法家王献之有一爱妾，名为“桃叶”。东晋时的秦淮河曾是一条波涛汹涌的大河，渡河颇有风险。桃叶姑娘每每乘船往来秦淮河上，献之都在渡口迎接，并作《桃叶歌》，渡口因此得名。

无论是艄公眼中漫天桃叶的佳景，还是献之与桃叶姑娘那份温馨的情爱，都使桃叶渡与人们心中的美好连接了起来。星移斗转，一千多年过去，不管金陵还是古渡，都发生了巨大的改变，但是这些浪漫的典故与美好的感受，却在人们心中传承了下来。

漫步桃叶渡。

今日的渡口，了无晋时风貌。秦淮河被治理得风平浪静，再不起半点波涛，夹岸百米，桃树也踪迹不见，取而代之的是有新时代景观设计特色的乔灌木植物组团。河面上亦无持橹摇桨的艄公，只有色彩艳丽的电动旅游画舫悠游其中。

桃叶渡与不远处的夫子庙不同。

夫子庙作为网红景点，终日人山人海，很好地再现了六朝盛景。而桃叶渡一直是安静和寂寞的。在阳光明媚的午后，整个景区都罕见游人的身影，天高云淡风轻，树木花草也无摆动之态。偶遇几只小猫，无不是散漫慵懒，它们随意地躺在石板路或景区设置的桌凳上，酣然入梦。猫咪本生性谨慎，能如此放松大胆，说明没有防备之心，由此可以确定，长期以来此处人少，桃叶渡已成为猫咪的乐土了。几只水鸟栖于浅水湾处，亦是不动不声不响。河上偶然有画舫经过，行驶速度极慢，激不起多少涟漪，那深沉平静惯了的秦淮水，只稍稍皱眉，很快便又波澜不惊了。

这桃叶渡仿佛不是一个真实的空间，更像是一幅画作。似无一处是真，无一物在动，徜徉其中，感觉如画里移舟，鸥边就梦。望此略显寂寞却又安宁祥和的景致，心中有说不出的感受，不觉生起淡淡的伤感，好像又有些许的欣慰和赞叹。

其实仔细思量，桃叶渡，本该如此吧。

走在桃叶渡的石板路上，想到曾经的历史和当下的生活，有一种穿越之感。近几年，文艺作品写穿越题材是一个热潮。而这些作品很多都是现代人穿越到古代后，男子化身为皇帝、太子，女子则为贵妃、公主，他们虽身份尊贵，荣华相伴，却不得不多了几分心计，少了几分自由的惬意，想来这生活也是极无趣的啊。

再回想当年，无论艄公，还是桃叶女，都是不起眼的人物，他们不过社会中的小角色罢了。而这些小角色，也有自己的世界，有自己的戏，这戏不一定轰轰烈烈，却未必不精彩。撑船人每日往来江上，谈笑间把人渡到对岸，撑船这职业是何等的快活和有意义！桃叶姑娘过河虽有风险，却有对彼岸的期待，有心上人在岸边的守望，这样的一生，何尝不是浪漫与温暖的呢！

“桃叶复桃叶，渡江不用楫。但渡无所苦，我自迎接汝。”这桃叶渡的传说与风貌，一直在给人们以启示：繁华，不是人生的必需品。我们若眼中有美景，心中有对美的期盼和向往，并一直向幸福的彼岸努力着，此一生，足矣。

一切都得从抽烟、喝酒、烫头说起

你抽烟、喝酒，你就坏！

于谦老师说他自己有三大爱好——抽烟、喝酒、烫头，我着实羡慕。抽烟、喝酒挺费钱，而且我也没有那么长的头发，所以只能一直羡慕着。

有一本正经的人说：“谦儿哥如果没有这三大不良嗜好，就完美了。”但我却觉得，正是这种所谓的不完美，才让一个人变得非常真实和可亲。因为作为一个演员，他走下舞台后，他只是过他自己想要的生活，而没有再试图刻意让人看到其他的东西。

记得高中时博客很流行。那是一个为赋新词强说愁的年纪，作为文艺青年，我当然也有自己的博客，曾经写过一篇文章，里面有这样一句话：“酒是身体的毒药，却是灵魂的解药。”同窗们读罢，无不奉为金句。有人问：“真的是你写的吗?”答曰：“我可以骄傲并负责地告诉你，是的，如假包换。”

不知道那时单纯的自己为何能写出这样有点深沉的话语。抑或是那时的自己早已经不再单纯了？这真是一个令人细思极恐的话题。

但无论怎样，这件事至少证明了另一件事，那就是：一些传神的语句的书写者，其自身未必有真正的经历，这些人只是善于观察且有一点点聪明，同时他们精通描写和总结之道。（偷笑）

很多事物都会被人们贴上标签，给出一种好与不好的定义，比如，爱看书、爱工作就是上进的，抽烟、喝酒则是堕落的。在中学时，去网吧、逛夜店都被视作坏孩子的行为；长大后，随着自己阅历的提升，明白事实并非如此绝对。据说希特勒是一个非常洁身自好的人，而丘吉尔则是一个烟鬼。

有一个笑话，讲很多女孩都喜欢这样的男人：早上 6 点准时起床，晚上 9 点准时睡觉。不抽烟、不酗酒、不逛夜店、不泡妞，更没有绯闻。生活中没有什么秘密可言，不藏私房钱，不玩微博微信，甚至连暧昧的短信都没有一个。稳重、随和，平时不是静静地思考未来，就是读书学习，非常听话，衣着整洁。这样的男人，在我们这里很多，很多——监狱管理局宣。

还听过这样一个段子：一个女大学生，每天白天上学，晚上到酒吧去陪酒，这听起来堕落不堪。与此同时，有一个陪酒小姐，她每晚在酒吧工作，白天还抽时间到大学去旁听课程，这听起来则十分励志。其实她们做的是完全相同的事情，只是发心不同。

类似这样的情况在生活中还有很多。我想说的是，不要被你看到的事实所迷惑，至少在你想要开口评价一个人和他的故事的时候，多了解一下当事人的过往、他（她）当下所处的境地和内心是非常有必要的。

如果你了解过去的我，你就会原谅现在的我——这句话不无道理。

这是一个节奏很快的时代，人们的生活充满了简单粗暴的不耐烦和日益膨胀的“自我”，善于说明的人越来越多，却很少有人愿意再去倾听些什么。人们急于接受事实本身，却不一定有耐心来看一看事实背后的故事。也正因为如此，我们很多的结论，虽然看起来很智慧，但也许难免主观。我们将自己有限的阅历和智慧投射到他人的身上，为其勾勒了一个本不属于他的轮廓，而这个轮廓，其实是自己的化身。坐井观天的青蛙固然狭隘，但更可怕的事情是，一只青蛙从井中出来的同时，它把井也带了出来。正如作家三毛所说：“你对我百般注解和识读，并不构成万分之一的我，却是一览无遗的你。”

明白这个道理，我们就应该学会谨慎，甚至不评判他人。在人与人的交往中，我们可以算计过程，衡量结果，但是不算计人心，不衡量感情。同时，自己也可以更轻松一点地生活，至少，曾经有偶像包袱的，可以放一放，因为别人对你的评价，无论好坏，似乎都与你不再有那么紧密的关联了；完美主义者，也大可不必那么紧张了，因为我们所谓的追求完美，其实一路伴随的都是遗憾和残缺。

在友善对待他人的同时，也请善待自己吧！让风流去风，让真心去真，人生没有完美，但可以自在。

七夕随想

不觉新凉似水。银烛秋光，轻罗小扇，又是一年七夕。

据说，在唐代以前，七夕并非情人节，而是乞巧节。古时女子读书者不多，但女子仍对智慧和生活中的种种才艺有所向往，七夕，就是女子向织女乞求居家巧艺的节日。崔颢有诗云“长安城中月如练，家家此夜持针线”，描绘的就是这番景致。另外，七夕还有读书的才子叩拜魁星，以保佑自己考运亨通的节日的说法。

自白居易的“七月七日长生殿，夜半无人私语时。在天愿作比翼鸟，在地愿为连理枝”和秦观的“柔情似水，佳期如梦，忍顾鹊桥归路。两情若是久长时，又岂在朝朝暮暮”两首诗起，七夕才彻底与爱情建立起联系。

然而，无论七夕佳节的真正源头是什么，如今的人们普遍更愿意将其当成情人节来过，因爱情的主题与生活中其他的一切都颇不同，总是能让各年龄层的人们都饶有兴致。记得上高中时，也是近七夕，学校曾发生过这样一件趣事：

一天中午，校外。

一个男孩和一个女孩，手拉手，一路说说笑笑，正朝校门走去。显然，此二人是情侣关系。此刻，学校的女书记亦在返校途中。

两伙人就这样惨烈地遭遇了。

因身着校服，书记马上确认了两位学生是自己学校的。在中学时代，出现这样的行为，那还得了？这是明目张胆的早恋啊！书记当场大喝：“呀……呔！你二人还不速速与某站住，哪年哪班，姓甚名谁报将上来！”

领导实指望二人束手就擒，不想两个孩子手拉手飞也似的奔逃起来。书记岂肯善罢甘休，在后面拼命追赶，无奈身体笨重，年迈力衰，被越甩越远。

就在围观的学生们以为此事将了之际，最有戏剧性的一幕出现了：这对情侣停了下来，男生竟将女生背起，然后继续跑了起来。

这种叛逆与狂放的表演，是多么振奋人心啊！

此事很快成为校园热点。

那是一个还没有“男神”等词汇的年代，彼时学校中万人迷的男生被称为一个学校的“校草”。于是，学校有了新的“校草”。

之后，老师、家长和同学们谈起此事，有人批评学生早恋，有人指责孩子太过顽皮，也有人为这个男生叫好。

转眼间十年过去，再度忆起此事，仍让我感到非常有意思。抛开早恋的话题不谈，我觉得那一次事件是一次新的对旧的、自由的对保守的思想的非常强烈的反叛。也许反叛的形式并不高雅，但是这种精神，是很有积极意义的。不久前与同学们聊天，大家普遍早已忘记当时班上考分第一的同学是谁，但当日那一幕追逐却都记忆深刻。同窗们都很感激当时的一对情侣点缀了我们中学时代的生活。

又想起三国时期一位乐女的故事：周瑜是三国有名的美男子，才貌与智慧俱佳。相传，周瑜还非常精通音律，他的府中有很多乐女，这些女子无一不是容颜美丽、琴艺高超。但由于人数众多，大家都很优秀，反而没有一位能得到周瑜额外的关注。乐女们多么希望周公瑾能多看自己一眼啊！其中一位女子比较有智慧，她想，既然在才华上无法艳压群芳，我就要反其道行之，于是在一次合奏中，她故意将乐曲弹错，果然，周瑜抬头望了她一眼。

其实，我们大多数人的人生，何尝不是像周公瑾府中的大合奏呢？看似一片繁荣，实则了无生气，条条框框，循规蹈矩实在太多，一章弹奏完毕，接着是下一章，似乎永远没有止息。从读书到工作，还要结婚，结了婚还要生孩子，子子孙孙无穷匮也，都重复着这样的日子，这是大多数人的套路的人生。为什么不能有点不一样呢？如果人类的历史长河是一部演不完的合唱，奏着同样的旋律，那其中，有几个跑调的人也是很好的。

在每个人都很正统的年代，多么需要有几个滥竽充数的南郭先生啊！

甘为抱瓮翁

有机械者必有机事，有机事者必有机心。机心存于胸中，则纯白不备。纯白不备，则神生不定；神生不定者，道之所不载也。

——《庄子·天地》

来到上课的地方，发现电梯有故障，于是爬楼。三层楼，不算高，一会儿到了，坐在教室，听到外面走廊里怨声载道。

看看时间还早，坐下来读一会儿书吧。

《庄子·天地》中有这么一个“抱瓮老人”的小故事：

子贡在返回晋国的途中，经过汉阴，看到一位老者在苗圃中浇水。老者抱着罐子，从井底取水，再浇到园中，这样一桶接一桶，非常辛苦，效率却很低。

子贡对老人家说：“有一种叫作槔的工具，一天能够浇数百块地，您怎么不使用呢？”

老者说：“拥有机械的人，一定会做投机取巧的事情，做了这样的事情，那人心也随之变得喜爱投机了。这样的话，纯真的天性就不再了，天真不再，则精神也会散乱，如此，是与天道相违的。我并非不知道槔，而是不屑于使用。”

子贡听后哑口无言，自己十分惭愧。

读古书、品古事、观古人是一件非常有意思的事情。这个意思，有的时候是单纯的趣味，更多时候是深刻的智慧。

现代的科技是非常发达的，物质财富也丰厚，但是，在创造精神财富层面，这个先进的时代着实应该感到愧疚——相比于古人，我们其实没有什么真正好的思想成果拿得出手。

记得上大学时背过：“在现阶段，我国社会的主要矛盾是人民日益增长的物质文化需要同落后的社会生产力之间的矛盾。”现在又知道：“当今中国社会的主要矛盾是人民日益增长的美好生活需要和不平衡不充分的发展之间的矛盾。”似乎我们的矛盾一直集中在需求得不到满足上。

其实我们应该明白，解决这类矛盾，不能一味地把精力集中在发展科技和创造高级产品上。物质给了我们诸多方便，但也带来了不少负面影响。因为心对物的依赖和期望，使人们变得僵硬和麻木，愈来愈大的惰性让我们的身心变得脆弱和焦虑。三楼不是一个特别高的楼层，本是力所能及，但当你习惯电梯的便利而又突然失去时，再次爬楼就会使你变得痛苦。这说明不仅你的身体在退化，你的心力也在下降。

器物不能从真正意义上解决我们的痛苦，它只是将我们的痛苦隐藏起来，或者说它把我们的痛苦做了一次延伸，而这种隐藏和延伸一旦再次显现，带给人的则是更大的痛苦。说过度追求科技的进步和产品的品质最终会给我们带来痛苦，可能稍显极端了，但至少，从某种层面上看，很多先进的产品其实并不如广告中宣说的那样能给我们的生活带来足够的美好，反而可能会使我们心中的美感逐渐丧失，让我们变得越来越无趣甚至不可理喻起来。

前一阵看到一篇帖子，名为《未来让书法家吃不上饭的机器人》，里面有一个视频，是一个机器人用它的机械手抓着一种特制的毛笔在写书法。视频后的文字宣称：这个机器人的发展方向是可以书写各类书体，真、草、隶、篆，王羲之、苏轼、颜真卿，等等，它将无所不能。今后的书法家将会因此而失业。

看后心中流了泪。这流泪并不是担忧自己未来的生计，而是惊叹原来到了21世纪，高度文明的人类，竟然进化到了如此无聊的地步。

机器人在某些场合是极具优势的，但在一些行当中是毫无价值的。它可以写出和《兰亭序》摹本中一模一样造型的字，甚至它的字可以比王羲之的字更漂亮，更符合美学，这没有问题。但那又有什么意义呢？它永远没有王羲之的情怀，没有右军坦腹东床的快意，没有魏晋文人的风流。

很多行当的存在，还有我们对艺术品的赞叹，并不因其形，而是因其神。那一定是缘于某种情结，或是看到某些人打破了我们现有认知的人类的极限，抑或是某种神秘气质。就像观看走钢丝，人们的心会不自觉地专注与紧张，并且为演员担忧。而表演成功后，人们长出一口气，仿佛从噩梦中惊醒，进而折服于演员超乎常人的平衡力与心理素质。

比萨斜塔之美，就在惊心动魄之间。

如果换成一个机器人走钢丝，我实在找不出一个噱头可以让我们看它。机器人甚至连钢丝都不需要就可以轻松地跃过很宽阔的山涧，即便走钢丝对它有难度，一失足摔得粉碎，也不会让人嗟呀，因为它是没有生命的。

人们欣赏一件艺术品，从事一项工作，甚至过这一辈子，一个懂生活的幸福的人，他的关注点绝不会仅仅是物件的好坏与事情成就与否。他一定是透过物品与事业读到人，读到人心、人情和人性，看到人对时代的反映，看到某种精神。

这个时代，产品非常强大。然而，一顿操作猛如虎之后，当我们从中稍微苏醒过来一点，我们会说："很好的发明，很好的套路，很完善的体系，很强大的逻辑。"然后呢？就没有然后了，它对我们的打动不会很深刻和持久的，目眩神迷之后，我们总是会想：这个东西是不是缺了点什么？是温度呢，还是美呢？它好像并不真的那么让我动心。

多么悲哀的事情！好在，我们已经习惯了。

时有微凉不是风

不觉夏长。

应该是身体对季候的自然适应吧，每到夏日，我入眠较平日晚些。除此之外，夏天美丽的夜色、凉爽的风、草丛间的虫鸣，如此多让人陶醉的景致，又使我想起陆游的“夏夜谁知抑自长，幽居渺在水云乡”，想起卢延让的“山寺取凉当夏夜，共僧蹲坐石阶前”，想起张耒的“碧梧含风夏夜清，林塘五月初飞萤”。这般浪漫清凉的夏夜，谁又舍得轻易入梦呢？

记得儿时在故乡的夏夜，我也总是很晚才睡的。

东北的夏夜很清凉，不需要空调、电扇，只要打开窗，自有爽快的风儿吹入。

家住在市区中心，窗前是一条街道，街上偶有车经过。夜晚道路畅通，车不鸣笛，只清晰地听到车辆驶过时轮胎与地面摩擦发出的唰唰声，颇有韵律。街边是一些铺面，普遍是小的饭馆，经营烧烤。鹤城的烧烤全国闻名，去年沈腾的电影《西虹市首富》还专门提到了齐齐哈尔 BBQ，又让家乡的烧烤火了一回。家乡人喜食烧烤，更爱夜晚与三五好友露天而坐，边吃边谈。东北人讲话嗓门偏大，但在夜晚也懂得尽量压低声音。

可夏夜竟然如此寂静！静到楼下餐桌中交谈的话语，清脆的碰杯声，甚至吞咽啤酒的咕噜声和烤串厨师扇扇子的呼呼声，躺在四楼床上的我都可听得清清楚楚。那是一个即使不看，只需用心听，就可听出的场景：一张酒桌，摆满烤串和扎啤，一定还有几盘炝菜，桌边围坐着几个东北大汉，也许每个大汉怀里还搂着一位扒蒜老妹。东北的姑娘豪爽，但在东北大汉面前仍然小鸟依人，她们打扮得很摩登，纤纤玉手熟练地剥着蒜，洋气的气质中略带点大糙子味儿，煞是惹人喜爱。大汉们上衣一脱，胳臂上的文身和脖子上的金链子在街灯的映衬下格外耀眼，仿佛炎热的黑夜中打了一道利闪寒光。每个人都已喝得红头涨脸，可饭店的服务员仍在源源不断地送酒上桌，烧烤炉中炭火的烟气和火星，随着烤串师傅的扇风飘上天来……

有很多个夏夜，我也走出家门，到外面散步。与成年前不同，自读大学后，父母在学习与生活上很少再管控我，给了我极大的自由。无论读书写字，还是游戏娱乐，抑或是同朋友聚会，想什么时候出门，什么时候归家，只告知一下即可，父母绝不反对。

几乎每一个夏天，我都会回到北方，因我挂念家中的父母，亦留恋东北的夏夜。“生年不满百，常怀千岁忧，昼短苦夜长，何不秉烛游！”人生苦短，我是一个颇有及时行乐思想的人。有时在家睡不着，就起身出门，开始夜游。

我会来到鹤城体育场，那是我曾经的乐土。我知道，无论多晚，场上都会有一些孩子在打篮球，我虽偶尔加入其中，但大多数时候则是坐在一旁观战。孩子们会为了一个有争议的球喋喋不休，赢得一场比赛会兴奋，输了会沮丧。如果累了，他们就坐下来，大口喝着汽水，再计划一下一会儿到哪里吃夜宵，当然也会聊一聊学校的老师，谈一谈班上的美女。边看，边微笑，想起自己，似曾相识。

也会漫步劳动湖畔，感受湖面的微风，看一看湖边沉睡的齐齐哈尔大学（齐大）。那是一所少年时并不被家乡人看得起的高校，老师常说："不用功学习，以后齐大就是你的归宿。"然而时光变迁，家乡这几年发展很快，齐齐哈尔大学的变化也很大，不仅校园建设一流，拥有了美术馆、音乐厅、游泳馆等时髦的设施，在大学排名上也有很大进步，甚至某些学科在省内位居前列。现在的齐大，已是不少学子向往的学府，也成为鹤城人的谈资了。

我自然也是无法免俗的。坐在湖边，拿出手机，记录下这迷人的夜色，拍一张齐大的照片，发到朋友圈。故土总有故人在，虽相当多的同学和友人都在外地生活，但也有一些留在故乡的，一条消息有时果真能炸出若干未睡之人。遂相约，又是一群东北大汉围坐烧烤桌前了。

似这般，夏天的夜晚总有很多话想说。睡不着的夏夜，坐在书房，拿起纸笔，写下这些文字，再不知疲倦地码到电脑上。夏夜人们入睡晚，活动多，本是比其他三季的夜晚更加热闹和嘈杂的，然而，夏夜却给了人们清凉寂静的感觉，在文学作品中也被描写得最多，何故？仔细思考，应该是由于夏季白日长时间的燥热和强烈光照，让人们对夏夜短暂的暮色和清凉这种反差有了更加迫切的渴望和格外敏锐的感知吧。

不觉想起师友近闲法师，他在一篇《琐忆》的随笔中提到自己曾在寺中收养过一只名为"彼岸"的小狗，师友写道："从此彼岸在山上挂单，小庙多了彼岸的吠声。入夜后，这吠声反倒令山间小庙显得更加清寂。"又想起梁启超先生曾赞叹栖霞古寺宗仰上人"不离佛道不离魔，出世还凭入世多"的话语。

其实对立的事物并不是不能互相转化的，看似矛盾的事物，其内在都有可统一的规律。在智者眼中，每一个当下尘世的历练，不仅不会将其内心染污，反而会成为铸就净土的机缘。在浮躁的红尘热浪中，能真正带给我们清凉的，不是风扇和空调，而是向往清净的愿力和深藏于内心深处的宁静。

“竹深树密虫鸣处，时有微凉不是风。”打开心窗，自有爽快的风儿吹入。

何须更问浮生事

清晨起身，屋内昏暗，窗外朦胧。听到街上车辆驶过，发出水花迸溅之声。便知昨夜落雨。

走近窗台，先闻到楼间绿地泥土的气息，向外观瞧，果见马路呈现深青，那是被雨水湿润后的颜色。雨还未停，此时正值上班高峰，路上布满了形形色色的伞，俯视而望，好似一个个行走的色团。

这些流动的缤纷，点染了阴雨的暗淡。

七月至，夏已深，又到了梅雨之季。“黄梅时节家家雨，青草池塘处处蛙。”每年至此时节，江南的景致大约是相同的：暑气催走黄鸟，青梅渐渐成熟。本就降水颇多的江南雨量越发丰沛，小雨淅淅沥沥，大雨肆意挥洒。各类植物竞相生长，但凡有植被之处，无不是一片茂密的浓绿。雨水泼到草木之上，霎时间芳草似烟，梅雨如雾。梅雨季节就是这般，无论你盼望与否，喜爱或是讨厌，它都如期而至，给这片天地留下朦胧。

“夜阑卧听风吹雨”。雨天断然是不适合出门活动的，只宜在室内虚度光阴。

给家中的两只猫主加些粮、添点水，倘二位小主心情愉悦，便会过来腻歪一番。她们先是在脚边环绕，发出嗲嗲的呼唤，待你俯身或坐定，便一头扎入怀中，与你顶头、贴面，极尽亲昵之能事。我自是不会厌烦的，毕竟，有哪一个猫奴不奢望得到猫主子的宠幸呢！

玩耍一会儿，猫儿便累了，不再理会你了，各自趴到自己习惯的位置，眼睛一眯，随后喉咙中发出如小发动机般响亮的呼噜声，这一睡，就是几个钟头。看着她们，想起少年时听的那首歌曲《波斯猫》中的歌词：“他不会为你做任何改变”。的确，猫儿总是如此随心随性，不理会纷繁的世事，只坚持做它们想做的事情。这个性格与中国文人极像，因此，从黄庭坚、陆游到老舍、郑振铎，古往今来，中国的很多文人都爱猫。

猫咪睡了，我也走进书房，不出门的雨天也要做点正经事罢！

说是正经事，其实在很多人眼里，仍然是闲事：点一盏灯，供一支香，翻开桌上未读完的古书，偶遇得意的词句，便抄录到本子上。看得倦了，又拿出几页草稿纸，自己附庸风雅胡诌几句，寄望能得文一篇。

偶然停下笔，看看窗外的雨中金陵，想起前几日与一位上海友人的闲谈。

朋友认为，上海这座国际化的城市，比南京更适合有梦想的人奋斗其中。从某种层面来说，此话没错。不知是后主李煜因痴迷文艺而荒废政事导致南唐亡国给了金陵一个这样的缘起，还是自刘禹锡那句“金陵王气黯然收”时就有了诅咒，一直以来，南京暗弱，政治、经济的发展速度始终不尽如人意。但南京亦有自己的特色，其文学和艺术水平一直在全国领先，城市风貌古色古香，从这一点来说，倒也不枉六朝古都的名声。

我想，在南京，也是可以追梦的。如果将上海的繁华比作西方的油彩，金陵则更像一幅中国的水墨。这二者皆美，只是美得不同：油画美在绚丽多彩，水墨胜于淡雅深远。再仔细思量，这不同中，亦有相同：油画的画底是一张绷紧的干净的布面，水墨画的画底是一幅洁白的宣纸，无论画作是绚丽还是儒雅，都因为有纯净的底色。

于人来说，纯净的底色，就是一颗赤子之心。一个人，最爱的是什么，就坚定地追求什么，永远不要放弃，同时，在这个过程中，不要失去了可贵的本真。与生俱来，我是一个传统的人，庆幸我的内在与现今生活的城市气质契合，给了我继续追梦的因缘。

“何须更问浮生事，只此浮生是梦中。”天要下雨，猫要睡觉，其实很多事情人决定不了，也就不必为此劳神。我无逐毕生荣华之渴望，唯盼有一世悠然之清梦：

一人一城、一纸一笔、一本书、一盏灯，还有一座心中的庙堂。

德云社听戏

德云社南京分社地处城南老门东景区，从老门东的牌楼进入，一条笔直的步行街，古色古香。往里走，快到尽头离明城墙不远，左手边有一座中式的建筑，便是德云社。其门头牌匾和门上楹联由侯耀文先生题写，上联书“学笑艺为衣食雅谐共赏”，下联写“奉高朋孝父母亲和天下”。

门口几级台阶，步入，取票、检票自不必说。随人群走进剧场，上下两层，上方看台是包厢，楼下是各类散座。服务生迎上前来，引领入座，奉上茶水单。点一壶茶，几碟干果，坐定，等候开演。演出极准时，主持人上场，话不多谈，报幕，随后换上演员。相声是传统行当，演员多着长衫，通常以自我介绍开场，其中必含着包袱：我是某某，相声界的一名小学生，旁边这位是我的搭档，他的名字不提也罢；或者，旁边这个，那可太了不起了，来自东海，是我的坐骑……一阵大笑中，表演正式开始，近三个小时的演出，欢声笑语是不间断的。

一个小剧场，容纳观众二百六十人左右，偶尔加座若干。近年来演出场场爆满，买不到票是常态。

没有票的日子里，闲散的时光就靠写文章打发。

自小爱喜剧，对相声更是青睐有加，因觉得其形式颇有古风，雅中有俗，俗中含雅，煞是合我心意。后稍许补了一些相声相关的知识，越发喜欢。相声，还有个名儿，叫“春口”，是从“春点”演绎而来。“春点”即“唇典”，是古时江湖同道中人沟通所用的暗语，也就是黑话。早年间，江湖艺人中有一句常提的话，叫“万象归春”。“象”，指样式、数量，唱戏的、打把式卖艺的、卖菜的，等等，三教九流，有多少样就有多少“象”。每个行当，都是生意，做生意就离不开插科打诨和叫卖吆喝，其实也就是老式的广告。“万象归春”，就是说三百六十行，都可以用相声来表达。

五年前开始到德云社剧场听相声，那时的南京分社远不如今日火爆。最便宜的票三十元一张，座位是绕口令中“扁担绑在板凳上”的那种旧式的长条板凳；最贵的票是二层的包厢，票价在千元，可六人同席，席上配有茶水、点心。这两类票卖得最好，第一种的消费群体是学生，另一种多是人们请客社交之用，而八十元到一百元的散票一般当日当场购买即可，并不特别抢手。

彼时我正在南京读研，每月有国家的生活补贴，父母亦给零用钱，自己又可外出上课赚些收入，经济条件尚可，加之喜爱，不时前往，用以消磨大把不想学习的光阴。借用郭先生的话开个玩笑：“五年前，我就是德云社演员们的衣食父母。”

那时在分社表演的演员大多名不见经传，给我留下较深刻印象的演员是闫云达和谢金。闫老师以泼辣的台风和现场与粉丝互动逗乐儿见长，而师爷被我记住实是由于其身高的原因——毕竟，我是第一次看到一个 NBA 身高的人上台说相声。几年过去，闫老师已退出德云社，用回本名闫宗海，很少抛头露面，也渐渐被人们淡忘了。师爷则有了《相声有新人》亚军头衔的加持，现已红遍大江南北。

自那时起，每次到德云社看演出，都会发一条朋友圈：一张舞台的照片，这照片有时是两位演员在表演，场面生龙活虎；有时则是散场后的场景，略显寂寞，案几、醒木、扇子都还在，鲜花礼物这些“上的货”也未及收拾，但演员已入后台，观众已开始退场。然后配五个字：德云社听戏。

是听戏，而不是看相声。我很少用“看相声”的字样作为朋友圈的文案，因一说到看相声，似乎容易让人进入“说、学、逗、唱”这技术活儿的狭隘范畴中去。一场相声，在我看来就是一出戏，一出生活的戏。戏要认真去听，日子要用心去过。

相声，不是笑话的堆砌，它和生活一样，有起承转合，有属于自己的节奏，其表演方式，就像过日子：要铺平垫稳，这好比人生的大体规划和日常状态，要让人感到安宁；要抖包袱，这是生活中的惊喜和插曲，给人乐子。其内容，都来自我们的生活：每一个段子，都是一个故事，每一场戏，或白、或唱、或逗、或捧，无一不围绕着寻常巷陌、人间烟火，戏中的张三李四、隔壁老王，是你是我，是生活的升华与写照。

“生旦净末丑，神仙老虎狗。”众生都有自己的一场戏，这戏，有剧本，但很多时候，剧情并不按你之前设定的发展。就像谁会想到曾同台的演员，职业生涯竟如此殊途呢？谁又会想到南京这个小园子能有今日一票难求的盛景呢？然而世事就是如此，因缘际会，往往叫人难以捉摸。又联想到舞台演出时的生动热闹，落幕后的寂静清凉，欢笑时有快意，而快乐过去，便只剩回忆。这一切又似乎都在告诉我们：人生如戏，一切都是如梦如幻的无常。

“何妨与世昏昏，只问吾心了了。”听戏，断不单单是沉迷声色，亦可以唤醒内心的觉知。德云听戏，也听心。

感谢生命中的提婆达多

熟悉佛教的人都知道，在2600年前的印度，与释迦牟尼佛同时期有一个叫提婆达多的人。

提婆达多是佛陀的堂兄，世尊未出家还是太子之时，二人共习诸艺，世尊成道后，提婆达多跟随其出家。据佛典记载，提婆达多也是一位非常优异的人物——“四月七日食时生，身长一丈五尺四寸”，“大姓出家，聪明，有大神力，颜貌端正”。

然而让人意想不到的是，提婆达多的优秀，似乎只是为了给佛陀制造障碍。幼时在世间的才学上，提婆达多就与佛竞争；出家后，他亦经常诋毁佛陀，且多次做出伤害佛陀的举动。

当时很多弟子愤愤不平，一直让佛陀惩治提婆达多。可这些于寻求开悟的佛陀来说，都如过眼云烟。佛陀不仅没有怪罪提婆达多，反而以自己超凡的智慧和博大的胸怀去摄持，赞叹提婆达多是善知识（善知识，指正直而有德行，能教导正道的好人）。《大宝积经》中记载，佛言“善男子，如此之事应如是知，提婆达多是善知识，久来随逐示现怨家。而诸愚人如实取之”。

由此我联想到：其实每个人（无论修行人还是不学佛的

人）的生命中的每一个阶段，都会遇到这样那样的对境。这种对境，就是我们的提婆达多。他们无时无刻不在考验又在帮助我们修行。有的人被提婆达多击倒了，有的人陷入与其的争斗纠缠，有的人则将其转为道用。

记得听过一位师父这样的开示：和脾气、发心比自己差的人在一起，应该比和人格比自己贤善的人在一起更快乐。因为和比自己好的人在一起，人家处处迁就着自己，慢慢地，人家功德越来越大了，最后可以成佛了，自己的不良习气却没有得到纠正，慢慢堕下去了。而只有和不如自己的人在一起，才有一个对境，能让自己学会堪忍与慈悲，甚至以他们为饶益的对象来进行智慧的修行，提升自己的心力，圆满自己的功德。

看世尊的一生，一直在这样表法：悉达多太子，历经种种磨难，一直和想加害自己的各种提婆达多在一起生活，他从未生起嗔恨，求道之心从未退转。最后，终于证得了佛果。

另外，需要注意的是，有些时候提婆达多并不一定只以怨敌和困难的形象出现。也许有一个阳光明媚的午后，远处群山郁郁葱葱，近处溪水缓缓流淌，一片鲜嫩的草地，有一群很爱我们的人在关心着我们，陪我们玩耍……这样如意美妙的对境，我想，这也是一个提婆达多。这种时候，我们也要问一问自己，我们此刻的心是什么样的？是不是完全被眼前的景致迷惑了？自己的出离心和菩提心还在吗？

每一个当下，都需要我们去觉知。其实，一切外境，无非心境。同样的遭遇，因当事人的见地不同，事情的性质也不同，故而采取的应对办法也不同，那最后得到的果报也一定不同。我们的境界中，提婆达多是害佛之人，但在佛的境界中，提婆达多却是一位善知识，是有大成就的菩萨。我想，当有一天，我们可以完全与各种类型的提婆达多平和地共处，对恶劣的不憎恶，对美好的不执着，那就是智慧开始生起的时候。

感谢生命中的提婆达多。所谓世间的美好和丑陋，都只是我们的自心在娑婆的映照。

站在水中看月亮

夏夜。

坐在河滨公园的草坪上，月色铺地，金黄的圆月亦映在河水之中。掏出手机，想拍一张照片，不巧来了电话，接听后再寻明月，踪迹不见。

而前时那幅美丽的画卷已然刻入心中。

有人说，白天的南京是江苏省的省会，是长三角的核心，是一座现代化的都市，而入夜，南京便梦回六朝，又成了那座款款深深的金陵古城。

南京的夜确实极美，且一年四季各有不同：春天鸡鸣寺空灵的夜樱，夏夜灵谷寺星星点点的流萤，秋季秦淮河摇曳的画舫，还有冬日颐和路纯白的雪景。这些美好的夜色，串联着金陵的四季。

四时之景虽不同，然而这不同中也是有相同的。

樱花花期甚短，三月中旬开放，下旬最盛，至清明便败落了，落红化作春泥，与大地融为一体；萤火虫的成虫生命不足月余，在闪耀生命之光后就归于黯淡，腐草为萤，萤殁又成腐草，让人唏嘘；画舫随水流而行，流水无意，匆匆东去，乘船的行程很快就结束，马上换上一批新客；冬雪更是转瞬，金陵冬暖，雪极难积攒，只雪盛时天地一片笼统，很快就冰消雪融，了无洁白的痕迹了。

这一切美之物象，都不可久留。

长久不变者，仿佛只有高悬夜空的明月。今人不见古时月，今月曾经照古人。古往今来，人们泉涌的文思、浪漫的情爱、浓浓的乡愁往往寄托于圆圆的月亮，以此表达情感的圆满与隽永。我想，这种寄托，大抵能让人们感到心安吧。

然而，月亮又何尝想见就可见，又何尝总是圆满的呢？

它时而清澈，时而朦胧，圆缺亦不定。圆月本就难得，在摩天大楼鳞次栉比的现代城市，想见就更难。“已恨碧山相阻隔，碧山还被暮云遮”，思月不见月，想得不可得，这种无奈，才是生活的常态。

想起前几日在新华书店买了一本张纪中导演的新书《人在江湖》。在其中一篇《相勉于道》的文章里，张导记录了他与金庸先生对谈的一幕。当年拍《神雕侠侣》时，剧组将该戏的气质定为浪漫，作为总导演的张纪中向金庸先生请教：“浪漫的定义是什么？您能给我讲一讲吗？”金庸先生说：“浪漫的定义……不大常见的，就是浪漫。比如说两个人可以坐在家里看月亮，也可以站在水里看，那肯定站在水里就比在家里看浪漫一些。”

的确如此，浪漫是生活的点缀，是不常见的。如果不是天文学家，月亮不必每晚都看，总看就少了浪漫。我们更不能总是深更半夜站在水中看，即使身体不被拔出寒病来，精神怕也是要出问题了。我们奢望每一个日子，甚至每一个时刻都被浪漫所包围，但却不能忽略一个事实：浪漫之事，都是短暂的，都是不易得却又偶然得之的。夜樱、流萤、画舫、白雪、圆月，这些现象的呈现，本就需要因缘。也正是因缘聚合不易，才让我们懂得珍惜，才在我们的心中留下了深刻的美的记忆。

看月，不是为了长久地占有月色，而是享受看月时的美丽心情；读书，不是让自己满腹经纶，而是通过读书来饶益人生。人生不该一味被生活的种种现实牵制，应该要有水中赏月的风情，也不必为了美景的逝去而伤感，应该要有随缘安住的心境。

月亮不是每一夜都圆满的，但心可以是圆满的。

看月不能使人心安，给人永恒安全感的只能是一颗觉悟的心灵。

三　人间因美食而值得

听说过一句话："人间不值得。"这境界挺高的，不自夸地说，经常有同感。

除了遇到美食的时候。

美食不仅可以刺激唾液分泌，更能让人体的多巴胺成指数倍增长，直接导致"上头"。

"我本见万物波澜不惊，唯独见你方寸大乱。"当觉得人间不值得的时候，想一想：美食真美啊！

冬日食事

初冬已至，金陵渐冷。秋收冬藏，心境也随着切换到冬的模式。

几周前爸妈从东北寄来土豆、炒熟的榛子，前几日朋友又送了许多食物，有南瓜、红薯、芋头，据说均是山东自家中土生土长。家里的厨房不大，唯一一小处可放置菜品的空间霎时摆得满满，颇有要存粮过冬之感。

早上，蒸些芋头与红薯，南瓜和土豆可以烧菜，榛子则是零食。这些食物本就口感醇厚，加之浓浓亲情与友情的包裹，滋味越发深重与绵长了。

倘若食物除了口舌之欲与饱腹之需外，被赋予了另一种品味的维度，食物就有了灵魂，一下子生动起来。我与友人笑谈："土豆、地瓜也有清香、浓香和酱香之分，如果会品，照样上头。"

其实吃东西，对低等生物来说是一件平凡得不能再平凡的事，但对人类的意义则可以有很多种。即使我们对烹饪没有特殊的天赋和热情，但至少，如果细心，在我们吃饭的前前后后，会发生很多有意思的事情。

而这些有意思的事情，很多都是在菜市场发生的。

我家不远处有一家菜市场，规模不大，十几家摊位卖蔬菜，还有一些摊位卖肉类、干调和水产。我买菜经常到二层居中的一家。那家的老板娘长得挺好看，而且很会聊天，说话让人听了开心，她的微信名叫"来安林志玲"，竟然以林志玲自比，可见老板娘的自信，这更让我觉得有趣。许是这些原因，价格并不比其他摊位优惠的她，生意一直很不错。

然而也有例外的时候。一次我去买菜，同在"林志玲"家买菜的是一位大爷，大爷看打扮就知道很古板，一张口果然不解风情。老板娘想着法和他打趣，大爷就是不进入角色，摆明了一副您演您的，我就是不配合的态度。只有逗，没有捧，戏自然是唱不下去的，终于在几个回合之后，"林志玲"放弃了，不再言语。我本以为此剧已经告终，大爷却开始了他的表演。在微信付款之后，大爷不停追问老板娘：“哎？我的钱怎么就付给林志玲了呢？到底怎么回事啊？”

当时我笑至捧腹，“林志玲”则一脸无奈。

今天去菜场买菜，“林志玲”的生意一如既往地好，突然想起此事，我问她记不记得那个大爷，她笑个不停。然后又给我推荐一些菜品，说冬天是进补的时候，要格外重视饮食。

的确，一到冬天，人们对吃的谈论便多了起来，写食事的文章也仿佛有了热气腾腾的感觉。至少对我来说，我很多的关于吃的记忆都在冬天。

2006 年底，我在清华美院上高考美术辅导班，同寝有几位兄弟，都来自东北，爱看 NBA，爱打篮球，大家很投缘，上课下课、打球吃饭，形影不离。清华的食堂本是非常之多，据说不少于二十几个餐厅，散落在校园各处。但对于年轻人来说，再大的校园也有束缚之感，总想找机会往外跑，我们几人也不时会冒着冬的寒意到五道口的美食街打打牙祭。

从校门出来，要走十几分钟的路。路上很繁华，作为中国最高学府之一，学校周边车如流水马如龙，美人如玉剑如虹，这些自不必说。那个年代，城市的市容市貌的管理远不如今日，即便北京也是如此，但恰恰那种状态，让夜晚的北京更活色生香了。路边的地摊很多，糖炒栗子泛着油光，冰糖葫芦娇艳欲滴。我觉得最好看的是公交车站牌和路灯杆子上贴的一层又一层的小广告：招工招租、同城交友、代办证件、考试包过，还有不孕不育、痔疮痔瘘……北京的书摊也多，几乎每一个小夜市里都会有几家推着三轮车卖书的。书摊上书的类型也不少，稍微上档次的有老庄、《论语》、《大学》，当然，都是盗版的，还有成功学和职场秘笈，我印象中的狼性、厚黑学一类的比较坑人的书，小书摊对它们的传播给了巨大的助力，要闲书，《鬼吹灯》《坏蛋是怎样炼成的》这些小说应有尽有，包括一些带点颜色的书，都有淘到的机会。

走到美食街，普遍是一些小店，生意都很好。店面装修大多简陋，桌椅摆放也较随意，但那种简陋和随意，在异乡的小城市的青年眼中，也是恰到好处的。这是一种让人舒服的氛围，既不给人压力，也不令人寒酸，让你觉得一切都好，好到仿佛寒夜里的夜宵，就应该在这样温暖的小馆子里。

坐下来，点菜。大家都是在外求学，日常购买画具本就是不小的开销，自然不会点贵的东西，基本上涮肉、羊蝎子和我们是无缘的，大多数时候吃的是京酱肉丝、醋溜白菜、鸡蛋炒饼。不一会儿菜就上来，大家边吃边聊，聊的是自己心中的未来，这未来不是清华（清华大学）就是央美（中央美术学院），不是北服（北京服装学院）就是传媒（中国传媒大学）。

吃下了菜，填满了胃。吹出了牛，舒爽了心。

十几年过去了，仔细思量，我还是爱在那样的环境里吃东西：冷风过境，屋内却弥漫着温暖。窗上挂满水汽，外面的世界是模糊的，只听得车马呼啸而过，后厨的勺铲叮叮当当，锅内的美味嗞嗞啦啦，服务员传菜、收碗，跑后奔前，食客们点餐、碰杯，阔论高谈。身外的世界是繁华的，内心却是安宁与祥和的。

昨天，从陈老师处学书法归来，已近深夜。骑车到公交车站，路过应天大街高架，桥下面有几个摊位烙饼炸串。看到几个食客，应该是刚结束工作的加班族，天很冷，他们坐在小摊子边。锅中升起的烟火气，杯盘中食物蒸腾起的热气，还有口吐的哈气，交织在一起。那一刹那，时间积点成线，把十几年前的回忆拉扯到了眼前，不禁感叹：“原来我是如此爱这烟火的人间。”

又想到一句话：“上天让你经历了这么多，只是为了让你接受人间的烟火。”冬日食事，试问谁又能不爱这宁静中的热闹，谁又能不享受这喧哗中的安详呢？

一碗面引发的回忆

午饭吃得简单，天刚擦黑，便感到饿了。课后归家，下了车，走进常光顾的一家面馆，照例，一份焖面，一块素鸡，一个煎蛋。

焖面在砂锅中烧制，烧好后不需盛碗，可直接在锅中食用。这种操作不仅省力，而且省心，让人不再有吃着碗里想着锅里的心思。

我对看人烧饭颇有癖好，因是老客，老板准我到后厨观看。发现该面的制作流程并不繁杂：将手擀面快速过一道沸水，捞出后投入砂锅之中，砂锅里有包菜、洋葱等食材打底。面入锅后倒入少量老卤，加火，盖上锅盖。

这一盖，是整套操作的灵魂。

厨师的手法既要不紧不慢，又要干脆有力，给人似走还留之感，仿佛百般不舍，却又突然彻底决绝。“啪”地一盖，面人两隔，锅中面不知锅外人的期盼，锅外人不见锅中面的煎熬。其实烧熟这锅面不过三五分钟的短暂光景，却因这一盖，时间也好似面条一般，被拉扯得格外绵长了。

面好了，服务小哥端上桌来，帮忙揭开盖子，伴随着“嗞啦”的声响，不时会有几滴油星飞溅出来。那一刻的体验，对于一个吃货来说，不亚于新郎揭开新娘盖头般的幸福与振奋。砂锅的余热尚在，借势浇上醋汁，高温将醋烹起，一股幽香的酸味入鼻，通透至极。

也曾厨性大发，自己在家尝试做这份面。然而手笨，洗切菜、卤素鸡、煎鸡蛋，下面，再依葫芦画瓢般地把锅盖一盖，看看时间，竟半个时辰过去，不禁自嘲：“百无一用是书生。”如此凝聚劳动人民血汗的面出锅后，自然是手机先吃，于是摆拍，美图，还胡诌了几句文案：

用一个小时，烧一份面

平凡事物表象的
背后，可能
是复杂的运行
程序

时间到了，感觉食物
都拥有了
灵魂

发朋友圈，图文并茂，自觉得意，还专程询问朋友：“是否太能装？”朋友回复：“真的很能装，我都没脸看。”听罢大笑，心想：“如此这般，我的目的便达到了。”

焖面并不算中华名小吃，即使在面条中也排不上号。中国面条种类的丰富程度，足以冲出地球，傲视全宇宙。最著名的有：武汉热干面、镇江锅盖面、山西刀削面、四川担担面、河南烩面、兰州拉面、延吉冷面、杭州片儿川、北京炸酱面、昆山奥灶面。除此，西安臊子面、苏式阳春面、安徽板面、宜宾燃面等家喻户晓的面种竟然连中国十大名面都无法入选，更别提还有方便面、干脆面等诸多花式零食吃法。如将面条的种类罗列，足以编成一段相声的“贯口儿”。

若说吃面，我最爱的还是家乡的拉面和苏式的阳春面。因东北和江苏，是我生活最久的地方，这面里，也自然承载着许多故事和美好的回忆了。

说起家乡，仿佛江南人对东北一直有颇多误解：“你们那儿是不是总打架？打架的原因还总是为了搞清楚一件事儿，就是‘你瞅啥？’”“你们那儿一年都很冷，没有夏天吧？最冷的时候是不是撒尿都变成一道冰柱了？”诸如此类，令东北人啼笑皆非。

就像说到饮食，东北人爱吃米饭，中国最好的大米也产自黑龙江省五常市，然而大家普遍认为东北人是以面食为主的。好在东北人对此并不在意，因东北人对其他省份的人也存在很多“傲慢与偏见”，在东北人眼中，东三省外的所有人都被视为南方人，而南方人，怎么可能懂我“大东北”呢？

在东北，面食的种类是不少，但也多是蒸面点、烙饼、饺子。吃得最多的面条，无非两种——一是热汤拉面，一是冷面，都不是东北的原创。且这两种面，一定是伴随东北特有的饮食文化——烧烤文化而存在的。

二十岁左右的东北男生，最喜欢的食物就是拉面和烧烤，往往在深夜，约三五好友，先打场篮球，之后来顿夜宵。烧烤油腻，吃完来一碗热乎乎的拉面，吸溜一通，再喝点汤，很是舒服。那时的家乡年轻人中流行一句俏皮话（东北话应叫俏皮嗑儿）：“二十啷当岁的帅小伙儿，每天不得来点拉面烧烤吗?”如今，这句话在二十岁的青年群体中已不再流行，而是变为：“在齐齐哈尔，没有什么是一顿烧烤解决不了的，如果有，就两顿。”十几年过去，变的是话术，不变的是食物。在东北，只要提到夜宵和烧烤，大家永远没有代沟。

这种深夜烧烤的情形与一本书名极匹配，即《围炉夜话》，又记得书中有这样一句——“文章是山水化境，富贵乃烟云幻形”，若曲解，仿佛也与东北烧烤文化相应。过去在东北，有钱人的一个重要外在标志就是“大金链子小金表，一天三顿小烧烤”。富贵烟云，口袋里的钱很多都消费在烧烤和拉面的烟雾缭绕中了。

也有人称，烧烤拉面，实乃人间极乐，炭火的炙烤烟熏，拉面的蒸腾水汽，都是至宝。人们的精神在氤氲中得到升华，灵魂在朦胧中得到熨烫。不过笑谈耳。

若说东北的拉面给人一种劲爆之感，那江南的阳春面，则完全是另一种味道和风情了。

阳春面是江南地区的传统面食，是苏式汤面的一种，又称光面、清汤面，单看其名，便知其味。阳春面非常素淡，甚至清淡到汤中的酱油都极少。

面清，却不寡，这清汤面是精致而有韵味的。其实面条本体不过挂面而已，但煮得熟而不烂，口感恰到好处，仿佛多嚼一口则过，少嚼一口不足。面上撒些大蒜叶，这些蒜叶切得极精到，片片蒜叶等长、等宽，均匀遍布在面碗中。蒜叶提升了面条的口味，让清淡中有了内涵。绿色蒜叶，洁白面条，清清白白，好似一个古典的江南美女，欲迎还拒，一口吴侬软语，咿呀间有着说不完的心事。

又想起大学的一位常州室友。在学校时，有一天我们一起吃面，两个人边吃边聊，谈吐间他悲从中来，问何故，遂给我看他的微博，当中有这样一段话：

> 昨夜，我又梦到了你。不知为何，在我的梦中你是一杯牛奶。然而除了牛奶，我似乎又找不到其他的形象更适合你了。希望有一天，有一个真懂牛奶的人，把你从我的梦中端走。

此文是他写给前任女友的，感情极挚诚，文笔亦优美，只是有淡淡的忧郁。着实叹服江南才子骚气的文思，更赞许其一往而深的真心。当时的我，不知该如何安慰，只打趣地调侃：“是牛奶还是奶牛啊？”试图帮他转移情绪，而心中想说的却是：“多希望你们的感情能像眼前的面条，可以拉得很长，很长。”

这面条的长，当真像极了人生中的悠悠岁月，承载了世间多少的悲愁喜与亲疏密，一根根面条搅在一起，彼此缠绕纠结，把人生的百态写得密密麻麻。

近来很喜欢写与食物有关的文章，有人说，我中了陈晓卿的毒，然而我自己看得分明，食物，就是人生。

想起自己写过一篇文章《一碗素面》，与出版的第一本书同名，似乎我与面有着不解之缘。其中，我曾写道：“酱油汤好比红尘，面就像人。酱油汤虽是深色的，可面仍然是白的啊。”的确如此，无论红尘多么浑浊与纷繁，我们都应该保持真挚的感情和纯洁的内心。

不觉忆起如水般清澈的二十岁，一群无所顾忌“吸溜”拉面的东北小伙，还有常州的室友和他梦中的“牛奶”，一切，都回到很久远的从前。不觉耳边响起那首老歌：

“……绿苔墙根红字落，我们无声并排坐……”

豆　腐

很久没到外面吃饭了，最想的食物有两样：一是火锅，二是豆腐脑。

今天起得很早，决定自己制作豆腐脑。北方称豆腐脑，南方则名豆腐花，基本是同一种东西，只是南方的豆腐更细嫩，南北汤汁的味道也稍有不同。穿戴齐整，出门，天气很好，一路阳光，来到菜场，里面熙熙攘攘，虽是工作日，但仍有不少尚未复工的人。在疫情的日子里，我也彻底有机会体验了家庭煮夫的角色。走到卖豆制品的摊位，南豆腐、北豆腐、香干、素鸡、千张应有尽有。买一盒内酯豆腐，再买小葱、榨菜，顺便又采购了两天所需的其他菜品。

回到家，沐手，既是卫生，也是仪式感，是对下厨这一行为的尊重。将整盒豆腐放入大碗，汁水是舍不得扔掉的，一并倒入，再上蒸锅，开火加热。不多时，掀开锅盖，豆腐已热透，香味随着蒸腾的水汽散播开来，很快布满了本就不大的厨房。分盛两个小碗，加少许砂糖，倒入生抽，小葱和榨菜切末，连同虾皮撒入其中，再淋芝麻香油。

端上桌来，两人品尝，卖相与口味均不差，唯一美中不足的是其中一碗的生抽稍多。

其实居家饮食，总是不能同饭店一样，不是每个菜都可以吃到那个确定的味道的。自己动手做饭，对一个并不精通厨艺的人来说，火候、咸淡的把握多少存在一定的风险。但这种不确定性也是做饭的趣味所在，若与你同食的人，亦能以包容和幽默的心态品尝这餐饭，那就是人生一大幸事了。

不多时，碗已见底，可见豆腐买少了，下一次要一人一盒才足够的。

关于豆腐，我的童年也有两件趣事。

一是麻辣豆腐。很小的时候家乡的餐饮业并不发达，很少有正餐时能提供点菜和堂食的饭店，大多是早餐为主，或者是推小车卖快餐盒饭的。那时小区里有一家做砂锅豆腐和吊炉烧饼的小店，手艺很好，每日早、午都有不少食客光顾，我也同父母常去。后来老板赚了钱，把早餐小店正式升级为饭店，因做砂锅豆腐起家，所以挂牌“兴隆砂锅居”，但不单单卖砂锅豆腐，而是增加了各类菜肴。

这是我第一次见到真正意义的饭店，也是在店里，我看到邻桌的食客点了一盘麻辣豆腐，那也是我第一次知道原来豆腐还有这种色香味俱全的神仙吃法。一边吃着自己的砂锅，眼睛却一直盯着人家的麻辣豆腐。

那一次吃饭是我和妈一起去的。后来一次周末，一家三口不知道吃什么，妈就让爸去那家店打包一份麻辣豆腐回来。至今仍清晰地记得当时妈说的话："去买盘麻辣豆腐吧，上次人家吃，你儿子眼巴眼望地瞅着。"

另一件事发生在幼儿园。当时孩子吃饭都是阿姨拎着大桶，分装好菜和主食送到班上来，然后整个班的小伙伴们就包围过来。老师也不怎么组织排队的，谁自己挤到前排，老师就先给谁打饭。那日的菜是溜豆腐和西红柿鸡蛋，这两道菜对普遍喜欢菜和饭搅拌在一起食用的孩子来说，是佳肴。大家照例一拥而上，我自不甘人后，一头扎入人堆之中，却不慎失足，整个人后仰跌入盛菜的大桶里面，屁股烫得不轻，后来就被老师联系母亲接回了家。我至今也不知道当天事件后续的进展：小伙伴们的伙食问题是怎样解决的？那桶豆腐，还能吃吗？

长大后，懂得多了，思想也复杂了，成年人的讲话总不那么直白，很多曾经熟悉的字、词和句子，都不是原来的本义。正如张文宏教授所说："我说的每一个字你都听得懂，但是我说的话的意思你听不懂。因为你读的书和我读的书是不一样的。"

豆腐，在不同语境中也有了不少其他的含义。"男子汉，大豆腐"这是在讽刺男人不够 Man，"吃豆腐"是指言语轻薄、调戏别人，等等。前一年回家，买了一块豆腐，回到家发现这块豆腐上竟然印有一个"色"字，顿时忍俊不禁，这种有点文化内涵的不正经实在是惹人喜欢。清代文人林兰痴有《咏豆腐诗》云“莫将腐乳等闲尝”。你品，你细品，这豆腐里，也是有文化在的。

写这篇关于豆腐的文章时，恰巧身边有一篇范文。前几日是世界读书日，当当网和文轩网有很大的购书优惠活动，买了许多书，其中有汪曾祺先生的《寻常滋味，欢喜人间》文集。书中就有一篇题为《豆腐》的文章，里面谈到了南北豆腐的差异，介绍了豆制品的诸多种类和烧制方法，也有一些风土人情和饮食文化，一并述之。

写吃豆腐的文章，显然比吃豆腐需要更多的技术含量和知识储备。若谈吃，可以单写这食物本身，但着实难以精彩，必然要以食物为载体，记事、记人，更有大才者，可以写社会、写历史，一篇文章，见物、见理、见众生、见自己。

作文前读书是一件好事。相同题材，可以瞧瞧别人怎么写，特别是大家的作品。看一看高人的文思，这对启迪自己有帮助。

作文前读书又同样是一件痛苦的事。因在自己没有主张之时，往往很容易受到他人观点、行文风格和写作技巧等因素的影响，尤其是名人佳作，也会给自己带来居高临下的压迫感，这颇令人难受。当年，太白的“一拳捶碎黄鹤楼，一脚踢翻鹦鹉洲，眼前有景道不得，崔颢题诗在上头”，大抵描述的就是这滋味吧。

此时需要转念，其实大可不必如此纠结。普通人当为消遣、为兴致而写作，而无须以文章与他人争短长。不管南豆腐还是北豆腐，它们的共性都是纯白，我们可以像豆腐一样，无机心、少俗虑，兴致盎然地写作和过生活。

明代苏平另有《咏豆腐诗》：

传得淮南术最佳，皮肤退尽见精华。
旋转磨上流琼液，煮月铛中滚雪花。
瓦罐浸来蟾有影，金刀剖破玉无瑕。
个中滋味谁得知，多在僧家与道家。

花　　生

大雪节气，金陵无雪。天气倒是冷了许多，这也越发加重了人们对雪的期盼。

课后，归家途中，友人发来消息："晚来天欲雪，能饮一杯无？"我知其意是邀我到他家中小聚。回复："哪里有雪？无雪，这叫我如何饮呢？"朋友说："人生如戏，全靠演技，霜雪不降，可以想象。"甚得我心，遂开怀，欣然前往。

饭桌上，有一碟炒花生。

花生炒得真好，香气扑鼻，粒粒饱满，看颜色便知火候适中。最关键的，盐是出锅装盘后才加的，且这盐撒得有水准，薄薄一层，均匀地盖在花生仁上。花生的殷红，淮盐的洁白，真好似火山飞雪。不由赞叹："还真有点雪的意思！"朋友笑笑："快吃起来吧，一会儿雪要化了。"

一颗入口，酥脆无比，因无其他调料，故而花生的原香更浓，淋漓尽致地占据了我的味蕾。吃几粒花生，饮一口茶，真乃人间极乐，一嚼一啜中清香流遍周身，好似品尝到了春天。又想到郑愚的诗："夜臼和烟捣，寒炉对雪烹。惟忧碧粉散，常见绿花生。"诗中的花生虽不是眼前食用的花生，但情境和心情是相似的。

自儿时起，花生就一直是我最爱的食物，关于花生，我亦有滑稽有趣的经历。

记得我有一本影集，是父母为我准备的，里面有我从出生起每一周岁的照片，影集中还有一个文字栏，用于记录那一岁中发生的最有意思或最重要的事。

其中一件事，就与花生有关。

一天母亲炒了一盘花生，放在书桌上，我想吃花生，正准备去拿，被父母拦住。许是当天已吃了很多零食，许是父母想逗逗我，总之爸妈挡住去路，问我想干吗，我说要拿台灯。爸妈听后让开，我全然不理台灯，伸手便向花生抓去。

小时候的我是一个不太爱动脑筋的人，然而遇到花生，我竟能瞬间生出骗人的心思，开启自己的智慧，可见对花生是真爱了。

其实不只是我，爱花生的人着实太多，在不同地区，花生的做法也很多。喝酒、吃茶、正餐、零食，花生都可以成为主力。

在东北，人们喜食盐炒花生和油炸花生，这两种做法最能凸显花生的香脆和油脂感，江南人则口轻些，偏好水煮花生。到了山西，处处不离酸，老醋花生又成了当地的美食。再往南，甜口占了上风，琥珀花生、花生甜羹等居多。

而比较有意思的是北京人，他们喜欢吃盐水煮的带壳花生，还把花生与毛豆同煮。这两样真是天生一对，金黄饱满的花生、鼓鼓溜溜的绿毛豆，放入八角、香叶、食盐，再倒上一桶忘情水，一煮就是一大锅，老北京称其为“花毛一体”。看来，皇家的人就是会玩儿。

有时不禁会思考：是什么样的特质，让花生的接受度如此之高呢？

少时爱幻想，一直浪漫地觉得花生必定为食神所爱，得到神力的加持。后来长大，人生阅历慢慢丰富了些，感到诸事一理，原来花生的高接受度与人的受欢迎程度相同，均是因圆融与平凡。

首先，作为入门级的美食，花生的烧制和食用都很方便。

有的菜十几道工序，且从选材到刀工再到烹饪，每一步都要求过高，厨艺不够精湛者稍有不慎则满盘皆输。曲高和寡，这类菜想传播，障碍太多。花生则简单。油锅中扒拉扒拉，就是一盘的活色生香，五香水中咕嘟咕嘟，便得一锅的清新爽利。

有的菜虽好，吃起来却不很容易，或者会吃相不雅：有的一吃一手油，有的一咬直滋水，有的则是几筷子下去还捡不到菜，眼睁睁看着菜从自己眼前转走，既安慰不了自己的口水，还要面对他人怜悯又略带嘲笑的眼神，实在尴尬至极。此点，花生又占了优势，用筷子夹可以，不行就用勺舀，甚至带壳的花生公然手抓，也不会招致太大非议的，最大限度地缓解了饭局中食用者的心理负担。

另外，众口难调，花生的口味却很圆融。

很多食物受到追捧是源于其特殊的味道，如新鲜蔬菜中的香椿、芹菜、茼蒿，腌菜中的酸菜、腊肉、青红方一类，荤腥中的海鱼、大肠，等等，都太有自己的个性。然而，太有个性的结果，往往是有多少人爱你，就有多少人恨你。地方特色或人群偏好过于严重的食物，普遍难以被所有的人接纳。

花生没有特别的气味，只有自身的原香。这种香并不干扰人的嗅觉，吃起来又会让人感觉到这香味是醇厚与深沉的，并无半分尖锐与轻佻。其口味，高也能成，低亦可就，和任何菜系、任何文化、任何身份的人，包括餐桌上其他的菜肴与饮料，都可完美相融，绝无冲突。

这有点像人类社会。很多时候，走得很远的人，未必一定才华最出众，但他有其本领，最重要的是，这个人一定是老到圆融的，是所有人或利益群体都可以接受的。他在任何环境中都可以安然自若并让他人舒服与安心。

当然，花生并非中庸，它一定也有自己的个性与气质。

记得小的时候听过一个花生的谜语："麻屋子，红帐子，里面睡个白胖子。"非常可爱又生动地勾勒出花生的形象。

所以有人说，花生是一个文青儿，麻屋子有点像青春痘，代表青春的年纪，里面的红帐和白胖，是隐喻青年内心天真，对社会不甚了解，以为人生就是象牙塔、未名湖般的浪漫，每日不思人间烟火，只有对文艺的向往。听罢感到好笑，又觉不无道理。

但倘我说，我更愿意将花生比作一个深谙世事而又绝不世故的中年人。他虽外表沧桑，内心的美却呵护得极好，天性中的善与真，那份纯白与赤诚，经过岁月的打磨并没有褪色，而是永远在内心中沉淀下来，历久弥新。

曾读过一篇文章，是关于火锅。在谈到海底捞与四川传统的老火锅的区别时，作者写道：“海底捞就像一个讨人喜欢的自来熟的交际花，貌似很容易接近，但时间长了也不会有什么进一步的交流，可敬而不可亲。四川火锅则像一个内向的人，你需要时间慢慢等他散发魅力，时间愈久，味道愈浓。”

把这段文字用到花生上同样合适。或者，如果说把花生与很多招摇怪异的网红食物或所谓的新概念菜肴相比，花生明显星味不足，但显然，花生的咖位不差，因它给了人们多一份的熟悉、信任和亲近。

蔡澜先生曾在《今天好好吃饭》一书中说：“你是什么人，就吃什么东西。”真乃至理名言。从这吃食中，仿佛读懂了很多人，吃着花生，依稀也看到了很多人未来的人生轨迹。

饭　局

无酒不成席，无饭不成局。这是中国的老话儿。几千年来，无论仁人志士，还是奸猾小人，无论大人物，还是小市民，都对请客吃饭乐此不疲。

吃好一顿饭，就是在办一件大事儿。“二桃杀三士”“杯酒释兵权”“煮酒论英雄”，无一不是在饭局中发生的。一顿饭的光景，有的人就要了别人的命，有的人就被革了职，有的人就被人窥探出了自己的抱负或野心。而在这些残酷的事件发生之前，大家还都是推杯换盏、一片和气的。马上我就要杀了你，抄了你的家，但在这之前，我必须要请你吃一顿饭，这是一种“礼”。

如上饭局，是枭雄之局，而在百姓身上，饭局大多只能被称作“应酬”。但也别小看了这“应酬”，人间万象，人心百态，都在一顿饭中尽显。所以有人说，饭局的重点不在饭，而在局，饭局重要的不是吃什么，而是和什么人吃。在大多数的饭局中，无论是日常交际的礼尚往来，还是求人办事的焦虑卑微，抑或是被人所求之进退维谷，归结起来，都是满腹的鬼胎和满眼的无奈，此时，断然是极难用心品尝美食的。《京华慷慨竹枝词》中有《饭局》诗一首：“自笑平生为口忙，朝朝事业总荒唐。许多世上心酸味，都在车尘马足旁。”

当然，也有一些饭局是温情的，轻松而又充满幽默感的。这个时候，人们就有心情可以品评一下菜肴、体验用餐的环境，席间的一些交谈也可以让人长长见识了。

昨日参加了一个宴席，是研究生同窗兼好友的女儿百天酒会。去赴这个局，我是快乐的，既为小公主庆祝，老朋友们也借此有了见面的机会。

一桌上大多是同学，还有一位之前素不相识的博士。同学们称其为博士哥，我则开玩笑，说他是我们这次圆桌会议的学术主持。博士兄亦不负众望，酒过三巡，话匣子渐渐打开，言谈中自然显露出了博士比硕士更冷静、客观和理性的思维。

该兄台为我们传授了恋爱、婚姻与婚后生活的种种秘籍。他说，有数据表明，一个人在与七个不同的人谈了七场恋爱之后，出现的第八位对象，才是配偶的最佳人选，还有调查显示，经过专业恋爱培训的男士，获得恋爱的概率大幅提升，追女孩极易成功。包括婚后出轨的各种方式及成本，如此种种，讲得头头是道。

听罢震愕。

我不知道第八位这样的数据是何高人通过何种方式统计出来的，我也不确信是否每个人都有结交这么多恋人的机会，或是我们真的有以此方式去选择配偶的必要，更让我感到不可思议的是，在这个年代，什么都可数据化，什么都可以做培训，甚至连恋爱都可以。但无论如何，我见识了很多，至少，我知道了原来博士的脑子里，装的都是这些问题。

想到了北京有一个著名的“小饭局”，后来，《舌尖上的中国》的导演陈晓卿老师也加入其中。大家都说，在陈晓卿入伙后，他们的餐饮质量明显提高了很多。在一期《圆桌派》的节目中，听到陈老师讲过一段话：“这个世界上，最好（三声）吃的其实是人。因为鲁迅先生说，翻开几千年的文明史，每一篇都写着‘吃人’两个字。如果人不是如此好吃，中国的历史，怎么会每一页都写得那么密密麻麻。”

当时听完不由得深吸一口冷气，转瞬似乎眼中又有了热泪。在对人类社会本质有如此深刻的见地之后，陈晓卿老师仍能对生活充满热情，回归美食的本体，做出活色生香的《舌尖上的中国》，这实在是一种人生境界。

又联想到这几日的某女演员事件，网上对她恶评如潮，人格攻击不断，可见社会的复杂。若我说，不过是一个小姑娘的虚荣心而已，实乃人之常情。刚知道事情的真相后，我们姑且称其为真相吧，当时的自己确是稍有一丝失落，因之前她在我心中一直是一个完美的女神形象。然而，马上我就想开了，毕竟，最开始喜欢她，也主要是因为她的脸。（偷笑）

深知“吃人”的社会本质，却能不乱于心地安住于享受美味；了解人心和人性的复杂，却可不卷入是非旋涡而单纯地欣赏其美好的一面。在我看来，这是生活的另一种“道”。

曾读过一本书，书名忘记了，而其中一句话很好，尝试记之：

> 人之一生，远可不必那般复杂，不过是一个七天接着另一个七天，一个饭局接着下一个饭局。

老沈烧烤琐忆

立冬翌日。晴，冷。

下午回到学校，见老师。匆匆走过东门，无意间瞥见一家小店，牌匾上写着：老沈烧烤。

大惊。原来在这！

本科时在学校的香樟苑有一家老沈烧烤，我有许多关于那里的记忆。

是读书时常去的小摊子，生意很好。老板和老板娘是东北人，每次去都很热情。老板娘嗓门大，一声“烧烤好了”，传得很远。老板挺健谈，也许是为了招揽生意，也许是无聊，不忙时就会和我们聊天，每次不是打折就是送串儿，慢慢地，大家成了熟人。

哦，对了，他家还有个女儿，长得挺漂亮，有点婴儿肥，当时应该刚读高中。小姑娘不时来帮忙，也挺开朗，嘻嘻哈哈的，让人开心。兄弟间偶开玩笑，说谁如果毕业找不到工作，就来给老板入赘，还逗老板说："你这烧烤绝艺，是不是传男不传女啊?"大家似乎都挺愿意接这个摊儿，老板听了也挺高兴，脸上冒着油光，哈哈大笑，烤得更来劲儿了。

后来香樟苑改造，老沈烧烤搬到了后街，再后来后街也整改，这家店也不见了。后来的后来，大家都找到了工作，也就没有人去给老板入赘。

不觉许多年过去，老沈烧烤再没见过。疫情来了，我回母校的次数也少了，对这家店的记忆就像老板娘的"烧烤好了"一样，虽然深远，毕竟抵不过时空的拉扯，在脑海里逐渐淡出了。

只偶尔会想起，也曾找寻过，无果。但是我心中总有他们一定还在学校附近的感觉。

不想今日竟然遇见。

疾步走入，想验证是否是那个老店。进门，屋子不大，分餐厅和后厨两部分。餐厅空无一人，毕竟，谁会在下午两点吃烧烤呢?

后厨有餐具碰撞的声音。

"老板?"我有点激动。

随后一男一女从后厨出来。

两秒钟，彼此确认。

"哎呀!"一声，正是故人重逢。

这一对夫妇竟能认出我来，想来已是七八年未见了，许是人家对我记忆深刻，许是我没老，这两个理由，都挺好。

老板一如既往的热情，拉我的手让我坐，老板娘忙不迭地倒水，做餐饮的人，对这一套熟得很。但我更愿相信他们此举是因为开心。

彼此问了问现状，说了说过往。开心至极，笑声不断。我看了一下菜单，又确认了记忆中的好多东西。

今日仓促，不容久留，好在寻到踪迹，便可来日方长。

临行，我怯怯地问："女儿没来啊？"

"嗐！"

彼此又是一阵大笑。

有句话说："幸福，就是昨天去的早餐店今天还在。"此语真相。我想，幸福也是走散多年又失而复得的老沈烧烤，那里有老友，有年轻的岁月——天很冷，但不想回宿舍，几个人坐在夜宵的小摊边上。

那是多么幸福的时光。

曾有人和我说，人不应该被问及过去，因很多人对过去的事不太记得，也不太喜欢。

真的是好深沉。

我想，过去是很重要的。人生一路，曲曲折折，脚印深浅不一，但众多回忆，或悲或喜，其实早已刻在我们心里。

那是我们活着的证据。

古 董 羹

——火锅的本味

前几日与朋友们开通了一个公众平台，大家商量起个名字。无论开店、生子、创立品牌，取名向来不是易事，这名字既要彰显个性，不流于大众，又要有些学养，避免显得肤浅。

其时已临近立冬节气，金陵气温骤降，虽不及东北严寒，江南独有的湿冷仍让人难过。思考名字时，心心念念的却是热气腾腾的火锅。

“不如就叫‘火锅’吧?”我脱口而出。友人听后讶异。虽然只是嘴巴寂寞想吃火锅而已，我仍义正词严地做出一番貌似颇有内涵的解释：“民以食为天，这吃，是最有生活气息的了。而且，什么食物都可以下入火锅之中，火锅的这种包容，其实是一种人生境界，包罗万象，小火锅中是有大乾坤在的。”

友人似是折服，怕多半是无奈与好笑，尝试申请该名，果不其然，如此平常的名字，自是早已被注册了的。为之奈何?我胸有成竹地说：“别急，待我查阅古籍。”其实哪需要什么古籍，网络是如此便捷。遂上网搜索，想看一看火锅在古时候是怎样的名字。把现实中的玩意儿与古代建立联系，是我惯用的套路之一。

查询后得知，火锅在宋朝时被称作“古董羹”，因食物投入沸水中发出“咕咚”一声而得名。白水煮食，食熟而食，非常简单的烹饪手法，食物也都是原汁原味的。

“快注册古董羹!”我极兴奋。友人再次尝试，不料此名字也被人捷足先登。当场我二人失落至极，继而大笑——吃货不可怕，就怕吃货有文化。

其实，自儿时起，火锅便是我最爱的美食。

这爱，首先是因为火锅的味道。

有人说，人的幸福感，一半源于内心的安稳和喜悦，一半则来自味蕾的美妙享受。此话不无道理。每个有条件的人，都希望从一顿饭中能吃到尽可能美味且丰富的食物。然而，在日常居家生活中，一日三餐大多简单，只是为满足生存的基本需求，是断然谈不上味觉享受的。吃火锅则不然，多种食材一齐入锅，这极大地满足了人们口舌之欲望。

火锅的蘸料，亦是火锅的重点。北方的火锅蘸料多用芝麻酱打底，辅以韭菜花、腐乳汁儿等调制而成。似乎高热量的东西都能带给人口腹的快感，麻酱本属于高热量食物，涮品裹上厚厚的一层芝麻酱放入口中，那种丝滑又醇厚的质感，从口舌滑入体内，一种从身到心的满足感油然升起。一直以来，我多次试图找到一个词句去准确描述麻酱的绵柔和味蕾的感受，都失败了——直到我读到《至味在人间》一书中陈晓卿老师描写北京白塔寺周围的涮羊肉的一段话：

> 每天打烊之前，老板娘就在店堂最外面一张桌子边，把各种罐子放在桌上，芝麻酱、酱豆腐、虾油、韭菜花……一点点倒进一只大桶，然后用一根长木棒，在桶里缓缓地搅拌，那种似水流年的感觉，看着特别有食欲。

读罢赞叹不已，文人就是“骚”。似水流年，用来形容麻酱，是多么生动又有诗意啊！

说到味道，主流火锅还普遍具有其他烹饪手法不容易具备的奇妙能力，即本味。

北方的火锅汤底多为清水，其中至多放一段葱白，几片姜，再讲究者不过多加两颗红枣，其目的也不在调味，实实只为点缀而已。这种纯净的汤底，使得每一样涮品出锅后仍可基本保持其自身原有的味道。四川火锅则是麻辣，而这麻辣足以让下入其中的食材除麻辣外，再没有其他的任何味道。

要么，保留食材的本味；要么，只有锅底的本味，纯粹至极。这种纯粹，最为难得。

我们需要纯粹。

生活一直在被人们做加法，不停地增加东西，增加很多不必要的元素，之后还强行赋予其某种看似有深度的意义，实属庸人自扰。如喝茶，最开始的我们只需要一杯茶，然后，有人说茶杯要好看，再之后，又有人喝茶需要一方茶席，直至一间茶室，还要加入一系列冲泡和倒茶的“巧艺”。最后，物质的层面再没有东西可以堆叠，只能从精神方面做文章。甚至拉来宗教，赋予其禅意，美其名曰“禅茶一味”，故作高深。而真正的禅，却只是本味，非常单纯的。一杯茶，就是真如。

说回火锅。我对火锅的爱，还关乎采购等准备工作的乐趣。

小时候买火锅材料，自是父母带我，一家人其乐融融。孩童时天真，不懂货比三家，不操心讨价还价，只点出自己想吃的东西，其余就是看热闹，那时的采购于我，基本等同于玩儿。长大成家后，自己也成了歌中唱的“有故事的人”，很多事都有了自己的主张，在餐饮业越来越发达的时代，我却愈来愈喜欢自己买菜烧饭了。似乎，连我的一顿火锅，也随着人的成长变得有深度了。

现在的超级市场十分强大，甚至还有专门的火锅超市，连麻酱都有调好了的。但若说到买菜，我还是更爱菜市场。

超市买菜，买的是品质，买的是一种保证，你要什么，在什么位置，永远可以找到，一定能够满足你的预期，超市给人一种秩序感。而菜市场买菜，则是不确定和随机的，在那里，你可以买到乐趣与惊喜。时令蔬菜自不必说，不时还会遇到一些素不认识的新奇东西，更重要的是，菜市场不按剧本走戏的概率远大于超市：今天他家送你两根葱，明天哪家短你一两秤，上午买卖双方还一团和气，下午就吵个没停。若把这两者比作工作：超市像是公务员或事业单位的干部，工作稳定，收入可观，不过一眼看到老，人生似乎早已确定了结局；菜市场则好似一位体制外的闲散艺人，名利无缘，却风流有份，一生自在。

买回菜，酱自然也是要自己调的。放多少酱，配多少水，加多少韭菜花和腐乳汁儿，很少会有精准的计量，全凭心中感觉和手上功夫。当然会有很多失误的时候，调出的麻酱不甚理想，然而有时也会食神加持，口味爆棚。这些，都是惊喜。料配好了，还要搅拌，这急不得！需一勺勺慢慢调匀。我想，这调酱，其实也是“调心”罢！

一切准备就绪，可以开动了。清水锅底的淡泊，芝麻酱的厚重，一并入喉，此时若回味一下故事与故人，原来真的是有

“似水流年”之感。经过时间浪花的冲刷，许多记忆变得淡了，正如黄磊在《似水年华》中所唱：“年华似水，匆匆一瞥。多少岁月，轻描淡写。”

然而，毕竟还有一些重要的人和事，在心中沉淀和留存下来，每每忆起，心中满是温暖与感恩。那一刻明白，火锅的本味，原来就是人间最纯真的感情。

立冬快乐，深夜食堂的人们

天气渐冷，太阳迟出，家中的两只猫儿开始互相抱着睡觉了。睡不醒的冬三月，向来不爱睡懒觉的我也有点赖床了。

今天起得格外晚，早餐用毕，坐在桌前，笔墨备好，却迟迟没有落笔之意。不多时，母亲发来微信：“今日立冬，吃饺子。”还配了一张笑脸。很暖。

下午上课，晚上又有其他活动，忙到很晚。归家途中，想到还没吃饺子，便寻了一家小店，一个人坐下来，点了二两水饺。

周围是形形色色的食客。

许是一日的工作已经完成，在快餐店吃饭的人们也不如白日那般匆匆了。有的人缓缓吃一口菜，呷一口酒，而后还要放空片刻。有的则叫了锅物，下面燃着酒精，热气腾腾，动动筷子，再玩玩手机，不时还傻呵呵地咧嘴笑笑。当然，自有不拘泥的人们，三五成群，围坐桌前，推杯换盏，朗朗吹着牛皮。

不约而同的是，每桌都点了一盘饺子。因这盘饺子，让人们拥有了某种共同的属性，也因这盘饺子，彼此眼中的陌生人，似乎不那么陌生了。

立冬吃饺子，这是中国的传统。相传，这一习俗与孙思邈有关。当年的一个立冬日，药王以面皮包裹药物和食材，煮熟后分与严寒中冻伤的穷苦人们，救助了大量的生命。从此传为美谈。也有人说这一事件是发生在古时的冬至日，而非立冬。众说纷纭。然而，东北人是不在乎这些的，在北方，诸多节日和节气，都离不开饺子：立秋抓秋膘吃饺子，立冬、冬至吃饺子，元旦、除夕夜、年初一、初五，都吃饺子。在我看来，一些原因是饺子好吃，更多则是由于吃饺子能帮助人们确信一件事——我生活得很幸福。

中国的历史是这般悠久，饮食文化是如此宽博，有纪念意义的日子里好吃的食物实在是太多，饺子、馄饨、粽子、月饼、元宵、各种糕点，美食和文化相交织，流传至今；而将食物的色、香、味、形，不厌其烦地打磨与雕琢，这背后其实蕴含着中国人的工匠精神。可以说，这食物，承载着中国人的审美取向与人生哲学。通过美食，我们对华夏的文明和古人的生活有了更多的了解的机会，这让我们当下快节奏又略显轻浮的生活也多了分韵味和厚重了。正如《风味人间》一书中写的那样：“菜肴穿越人间，看见祖先的足迹和身影，听见悠远过往的回响。”

其实不只中国，在世界的任何一个角落，食物都反映了一个国家或民族共同的精神气质。曾看过一个节目，讲中国人的夜宵摊（店）和日本人的深夜食堂的不同，二者虽都是吃，从中却映射出截然不同的国情、文化背景和个人情怀。

中国人的夜宵摊（店）大多是热闹的，是朋友们的聚会和社交场，红男绿女，载歌载舞，热情洋溢。烧烤、油炸、麻辣烫，食物也多是重口，在中国提起夜宵，总是简单粗暴而又让人振奋的。日本的夜食店则是小酒馆，氛围是幽静的，其座上客普遍是失意的或漂泊他乡的人，此时的深夜饮食，吃下去的满是孤独，饮下的俱为惆怅。

因此有人说，日本人比中国人更有深度，更浪漫，更有智慧和风情。想起玩过一个日本的游戏，名为《众多回忆的食堂故事》，的确印证了此观点。游戏的主人公是一位老奶奶，经营一家小食堂，除每日与不同身份的食客做生意之外，还要照顾和安抚卧床不起的老伴。到游戏结局时方知，原来老爷爷早已去世，因不舍老奶奶和这个食堂，故而灵魂许久没有散去。游戏涉及宗教、生死、哲学各个方面，将人世的温情与辛酸表现得非常到位。而其中关于我们习以为常的食材，也有着独到的理解。印象很深的是关于“白饭”的解释——白饭，是基础，也是极境。所有菜肴，都只为白饭而存在。

走出游戏，想到我们现实的生活与游戏又有何分别呢？面对大抵相同的食物，因遭遇不同，人们对食物定然有着不一样的理解和心情。口里的食物是香甜，还是苦涩，这个中滋味，只有当事人才最明了。

然而无论如何，我们应对众生和自我人性中的每一面，对生活中各种纷繁的对境和人生选择，都能持有正视、理解的态度。心中能接纳的东西多，看不惯的东西少，一个人就比较容易幸福，因为没有什么是值得他烦恼和不快的。富贵人家的酒醇，农家的酒浑，江湖的酒烈，高僧的茶蕴禅味，王婆的茶含风情，一桌人聚会的热闹，一个人深夜食堂的孤独，正是这林林总总，让世间精彩。

只要心中有爱和包容，眼中自有令人悦意的美景。

立冬快乐，深夜食堂的人们。

百味消融小釜中

朋友圈的旅行摄影大赛今年因故取消，而厨艺大比拼却摆起了擂台。足不出户的日子，闲散的时光可以靠烹饪美食打发，关注朋友圈，发现朋友们的厨艺和拍照水平都有不少提高。

终日无所事事，连时间也是不怎么看的。提醒人时间的，除了日出日落，就只剩还知道饥饿的肚子。

不知不觉，吃饭的时间又到了。朋友发来消息：

> ——今天吃火锅。（好似炫耀？）
>
> ——真心幸福！（由衷羡慕）
>
> ——好什么呀！三天两头吃。（原来是抱怨！）
>
> ——火锅这等美味天天吃都不算多，可以一直吃。（既是劝慰，也是个人真实立场）

为了寻找这样一个理由，着实动了一番脑筋，突然灵机一动：

只能宅在家的时刻，我们是极难有机会品尝饭店大厨的手艺的，而火锅，是居家与饭店味道最接近的一种吃食了。不需要高超的烹饪技巧，只要买到正宗的锅底和蘸料就可以了。

清代的严辰吟咏：“围炉聚炊欢呼处，百味消融小釜中。”说得有理。在众多美食中，火锅烹饪的门槛最低，几乎人人都可操作。而说火锅最好吃，是因为火锅最包容——人间佳肴，无论食材的贵与贱，皆可啪啦啪啦投入其中。

陈晓卿曾说：“官府菜是两军对垒，先要来将通名，假装客气一下，然后再真刀真枪地比画。江湖菜则是绿林好汉，走将过来照你面门就是一锤，粗暴得可爱。”

火锅，给人一种江湖之感。中国人最爱江湖。

于是自己也准备了一餐火锅，在如上饮食观念的加持下，再吃这火锅，果然越感美味和有情调了。

市井坊间，布衣将相

——金陵老门东的黄勤记凉粉

老门东是金陵有名的景点，亦是我平日最爱的游玩之地。

开始时并不知“老门东”的含义，自以为其名源自《诗经·国风》中的“出其东门，有女如云”句。后来方知，“门东”就是本意，指的是南京城南门（中华门）以东的一片区域，是广泛的地界，而老门东景区则是狭义的门东概念。

乘坐地铁 3 号线，武定门站下车，出站向西步行一里，便抵老门东景区。到达后先见一青灰色牌坊，目测十米有余，虽未耸入天际，亦颇壮观，牌坊上书“老门东”三个大字。四根梁柱，中间两根较长，旁边两根稍短，上面刻有精美的浮雕，均是如意祥云的传统图案。

两根长的梁柱上有一副楹联，上联是“市井坊间尽染六朝烟水气”，下联为“布衣将相合书千古大文章”。

这一联，可说是道尽了门东的风韵。

从牌坊走入，一条步行主街道，青砖铺地，两旁是店铺。还有几条小胡同，两旁也是铺面林立。从道路到建筑，无一不透着六朝遗韵，各类礼品文创、特色小吃应有尽有，还有酒吧、咖啡店，近年异常火爆的德云社亦在此设立分社。这种时尚又有古风的景区在当下非常受年轻人喜爱，被称为“网红景区”。每到午后，景区游客逐渐增多，经过黄昏直至深夜，人流极大，全国各地的俊男靓女和网络红人纷纷到此打卡，拍照、用餐、观赏，玩得不亦乐乎。这情景，倒也与《诗经》中的描绘相似。

和很多景点一样，老门东也有不少美食，有些是金陵本地的传统招牌，有些是外来的当红品牌，中西结合，种类繁多。其中有一家店，给我留下的印象最深。

那是一家名为“黄勤记”的小店，主营凉粉生意，兼卖兰花干和五香蛋。店的面积不大，放两张桌子，几个条凳，制作和售卖在同一个区域，有两个对外的窗口。吃粉的人一般不在店中就餐，多是随买随走，因此并不占用空间。店的生意极好，顾客络绎不绝，每次前去，门口都排了两条很长的队伍。

凉粉是我来南京后接触的食物，在东北是极少见的。查阅资料后知凉粉很早便有，《东京梦华录》中已有关于北宋时期“细索凉粉”的记载。

这类粉大多用大米粉或豌豆粉制成，先将粉面与少量水混合搅拌成糊状，再以热开水浇之，而后放凉凝固，其色偏白，稍许透明。它们的质地极软嫩，比豆腐还易破损，故而是不用刀切的。通常用一种特制的如浅勺般形状的刮刀，在表层轻轻刮动，粉块便成了粉条。取下，放入一次性的碗具，碗分大小，因此有五元和十元的分量，再浇上生抽、香醋、蒜汁，若食辣者可加入辣椒酱或辣油。

吃一口，无甚特别之味，但着实为炎热的夏日增添了一分清凉。

就是这样一门平淡无奇的手艺，却传承了千年；就是这样一家普通的凉粉小店，却有着如此之多的客人。让人不得不相信那句江湖老话——祖师爷赏饭吃。

我对凉粉并无特殊的热爱，我只是喜欢在老门东漫步的感觉，而孔老师不爱闲逛，却对黄勤记钟爱有加。很多时候，她陪我在老门东轧马路，累了，我再随她同去吃一碗凉粉，两个人各得其所。

孔老师长自南京，据她说，黄勤记在她很小时就有，可以说是南京的老字号了。那时的老门东景区还没有打造出来，黄勤记是在夫子庙，老板推着小车，摆个小摊，也是不少人去光顾，她亦是常客。

而今，每次到老门东的黄勤记，她都很开心，边吃边说："还是小时候的味道。"我则故意打趣泼冷水："你说的味道，就是毫无味道，是吗？"她并不在意，仍津津有味地吃，吃完还对我讲很多她儿时的趣事，一路滔滔不绝。

后来我渐渐明白，这吃黄勤记凉粉就像女孩子买包包一样——人家在乎的不是包包本身，而是享受背着漂亮包包的感觉，凉粉的味道只是其一，更重要的是回忆孩童时期那种无忧无虑的心情。

于是，我也开始愿意去那家凉粉店，这样就能听到很多有意思的故事。渐渐地，故事都讲完了，再讲就是重复的，而听旧故事也是一种新的体验，什么事情被重复得次数最多，那便是给一个人留下印象最深的，借此可以了解一个人，也是一种学习。

由此，再观这做粉的人，心中也不由得生起了感动和尊重：经营得如此之好，完全有实力开一家很大很气派的店去经营其他更高端的美食了，而他们仍在认真经营着这不起眼的凉粉生意，让这门传统的手艺有传承，让酷暑中的游人可享受这一份接地气的清凉。

更重要的是，这家凉粉店，呵护着一群人心中的童真。

在这个时代，这种别样的坚守实际是一种能力和信仰，这样的手艺人，某种层面来看，也是大师。我不禁想到张纪中导演曾说：“每个大师都不是偶然的，他们对于人生的态度，都有独到的坚守。”

“能闲世人之所忙者，方能忙世人之所闲。”市井坊间，隐藏着很多布衣的将相。把一件小事做到极致，何尝不是一种成功呢!

四　伪球评、真球迷

——篮球不只是嬉戏的工具

“我不打了，脚踝扭到了。”球友说。

“冰敷，对，赶快！脱掉袜子！”我说。

敷了好一会儿。他热泪盈眶：“太疼了！”

“还没缓解吗？”我一脸关切。

“不是。冻伤了。”

年龄渐渐增长，变了很多。如果说某一个时刻的自己和十年前没有区别，那一定是在篮球场的时候。我想，这一方面要谢谢自己的保养，更多是要感谢陪伴我打球的人，大家的交往让彼此感到年轻。

若不是自己内心一直背负着“文艺青年”的偶像包袱，我想我可能真的更愿意多谈谈体育那些事儿。大二时学生会换届竞选，我向主席表达想做文艺部部长的愿望。主席说，你去体育部当部长吧，那里需要阳刚一点的。看来，和体育是真的有缘。

大学时和朋友聊天，友人问我，如果能穿越，最想去到哪个时代。我想了想，应该是三国。自己心中思量，就凭我文武双全，到三国肯定是大有作为啊。

关注了15年的NBA，打了15年的篮球，我十分确定，人间只有这件事儿才是我的真爱。也许我对篮球资讯的占有量和理论功底，比我对书法和文学的深厚得多。每当聊起篮球，我总是有很多谈资，但这不是最重要的，重要的是通过这个窗口，我看到了很多不一样的东西，结识到了各种各样的人。

篮球，让我的生活多了一个维度。

娱乐、体育、抖音主播和我们

——“吐槽大会”事件之我见

在近期《吐槽大会》节目中，前国足球员范志毅，现辽宁男篮主教练杨鸣，现国家男篮队员周琦、郭艾伦成为嘉宾，其中范大将军对男篮的吐槽引发了大家的关注。同期，在腾讯体育《有球必应》节目的演播室，几位嘉宾也展开一番讨论。杨毅老师说：“周琦在对阵波兰队的比赛中的失误是一个伤疤，在《吐槽大会》上又一次被揭开。”前国家男篮主力后卫王仕鹏说：“什么时候男足运动员有资格来评价男篮运动员了？”徐静雨老师的发言更是炸裂：“在各自运动领域，周琦所取得的成绩高于范志毅。”

此后，上述讨论在网友群中，特别是体育迷和《吐槽大会》的铁杆观众中掀起轩然大波。今日抖音里的足球主播们也纷纷发声，其中对徐静雨老师的言论，讨伐声居多。

今天有些空闲，我在抖音上看到一些主播，他们或直播，或录制短视频，对徐静雨的谩骂与指责铺天盖地。这些事本与个人无关，但看到某些主播信口开河，观点毫无事实和逻辑依据，我便在直播中与他们（其中不乏一些大号）展开辩论。一些主播辩驳不过，便留下一句“滚吧，瞅你就来气”，素质实在堪忧。

现在是短视频的时代，无论从传播速度还是情绪的煽动性上讲，视频都优于文字。但我想，文字的书写过程能给人思路更深度的梳理，也让人对自我观点更加审慎，故而针对此事件以文字的形式发表些观点。

作为一名篮球迷，我无心为徐静雨老师洗白，无心与足球迷为敌，也不想将足球与篮球这两项运动的中国国家队取得的成绩一比高下，更无意去评价范志毅与周琦在各自领域中的历史地位，但我想对体育明星该不该上娱乐综艺节目这件事谈一谈自己的看法。

其实追根溯源，这期《吐槽大会》引发如此大规模口水战的原因，在于其请了国字号球员做嘉宾。以往节目中的主咖大多是娱乐圈的人，彼此互相吐槽，倒也开心快乐。但作为以吐槽为主要内容的节目本身，应该对自己有一个定位，不应该把下限放得过低。做节目需要话题去支撑收视率，但不应请体育明星，特别是颇有影响力的国字号球星。

虽然体育运动也是很多人茶余饭后的消遣，其在这一功能层面上，和娱乐异曲同工。但我们也要明白，体育相比娱乐，更多了几分严肃，多了几分正能量的精神属性。

记得在2002年，中国队首次打入男足世界杯决赛圈，举国瞩目，当时的初中班主任老师甚至借来电视放在教室，组织大家收看中国队的比赛。又想起雅典奥运会的时候，飞人刘翔那一枚破纪录的跨栏金牌，让多少国人振奋。还有 2008 年的北京奥运会，我们国家的金牌总数首次超越美国。在这些时刻，人们会将体育和国家的崛起联系到一起。体育的进步，从侧面彰显了祖国的富强。

而娱乐显然不具备这一属性和作用。姑且不谈现在对小鲜肉们的无脑追捧，因为这实在是一种社会畸形的表现。其实我们可以看到，无论多么高级的娱乐节目或多么大牌的娱乐明星，我们大抵不会赋予他们过多的精神属性。虽然我们也有德艺双馨的超级娱乐大咖，但是在对国人精神的引领上，显然还无法同奥运精神、中国女排等相提并论。

体育竞技是对一个人的身体与精神的双重考量，运动员一次次突破自己的极限，很多运动员冒着伤病的风险和压力，不停地训练，在赛场上拼尽全力，为的就是取得成绩。而在非常多的体育迷眼中，他们钟爱的体育明星已经不单单是偶像，而是其个人成长过程中的精神支柱。在 2018 年 NBA 季后赛中，勒布朗·詹姆斯凭一己之力将残阵的克利夫兰骑士队带入总决赛，当东部分区决赛结束后，队友和球迷们都在庆祝，唯有他一人瘫坐在地板上，呼呼地喘着粗气。当时的解说员说：“这是我所见到的，一个人在自己的工作岗位上最出色的表现。”很多球迷说：“每当我想要懈怠，我就会想一想 2018 年的勒布朗。”

体育可以代表人生中的很多——拼搏、抗压、前行、坚毅，这一点显然是有别于或者说高于娱乐的地方。如果打一个比方，我想体育运动员更加具有一种军人的属性，严肃甚至略带神圣，在这样一个娱乐的舞台，被当众吐槽，显然是不合适的。从这一点上看，节目组在选择嘉宾时，确实有些欠考虑，或者说他们对体育精神并不了解。

另一方面，我们也应该看到，现在年轻的运动员自身的素养有待提高，包括各项运动的管理中心、国家队和俱乐部的管理，也应该加强，对于运动员所参与节目的层次、性质都应该有所要求。

这是一个娱乐的时代，但体育界如果单纯地随行就市，把自己和娱乐混为一谈，体育明星如果将自己与娱乐明星置于一处同场竞技，是极度可笑的。这并不是上纲上线，因为职业与职业之间，本就有着天然的迥异。有过人生经历的人都知道，被人艺术地吐槽或者自嘲，的确可以化解很多尴尬，但是对现役球员来说，轻易地以几句连批评都不算的吐槽，就把自己在赛场的错误一带而过，确实是极容易让自己与自己和解的。职业运动员应该要严格要求自己，把曾经的职业污点铭记于心，并化作不竭的前进的动力。

今天新华社也对此事件发表了言论："如果没有热爱和尊重，自嘲就有可能变成对职业的嘲弄，对尊严的漠视。《吐槽大会》节目的初衷或许是博人一笑，然而周琦、郭艾伦和杨鸣不应该一笑而过，而应勇于自省，知耻后勇。"

很有道理的。时代一定是进步的，但是不代表没有东西需要我们反思：网络让我们的认知面增大但是却造成知识传播碎片化，我们思考问题的能力越来越下降；各种自媒体博主的言论过于自由，但观点的确有待商榷；对审美，对精神力的理解，还有自己职业素养、人格培养的要求过低……

《吐槽大会》上杨鸣有一句话倒是颇有价值:“中国男足、男篮真应该学学女排精神,打球要‘娘们儿’一点儿,别总‘爷们儿唧唧’的。”深刻啊!现在的男运动员、男演员,包括我们自己,对于很多问题,都应该好好动动脑,走走心。

什么是快乐星球

——乐在其中,才能在不完美的生活中感觉到美

南京又下雨了。

照例,不用出门的时光我都坐在自己的书房里。之前请老师为我的书房题字“青灯阁”,因我向往那种青灯古佛的生活,后来家人认为不妥,因这种生活气息过于清苦和淡泊。故而我为这个书房重新取了个温馨的名字,叫作“紫郡小书房”。这是一个不足十平方米的小屋,一张桌案横亘东西墙面,窗子也不大,每到阴雨天,室内便格外昏暗。然而也正是因为小,开一盏灯,就能将整个房间照得透亮。

狭小和昏暗,这像极了人生固有的底色;一束灯光带来了明亮,这是我们内心应该秉持的人生态度。

这一段时间很忙,忙到很少有时间坐下来写写自己的东西。也许是因为没有话题,动笔也略显无病呻吟。直到今日,很有写文章的欲望。这一切,还得从篮球说起。

前几天球星拉马库斯·阿尔德里奇宣布自己因心脏病从NBA赛场退役,这在篮球界掀起一阵热议,杨毅老师和他的侃球TEAM、暗黑系球评人猫三等纷纷为此事撰文。先拜读了

各位大咖的佳作，继而又读到了阿德亲笔写的退役声明：

> 今天，我怀着沉重的心情写下这封信。
>
> 我的最后一场比赛是在心律不齐的情况下完成的。那天晚上发生的事情仍然是我经历过的最恐怖的事情之一。
>
> …………
>
> 说到这里，我已经做出了一个艰难的决定：从NBA退役。15年来，我一直把篮球放在第一位，今天，是时候把健康和家庭放在第一位了……

我有些替阿德遗憾，因为他在赛场上还有能力，用篮球饭圈的黑话讲，“他的油箱里还有油”。另外，15年的职业生涯虽然辉煌，但他还从未染指总冠军。当然，我也为他高兴，正如猫三那句话：“他是多么勇敢地，选择了退缩。”

这个赛季的布鲁克林篮网组建了哈登、欧文、杜兰特的三巨头，以老将身份底薪签约的阿尔德里奇则被视作辅佐三巨头冲冠的最重要拼图。篮网的球迷以及哈登、欧文、阿杜的球迷都曾对阿德寄予了无比大的期望。期望愈大，失望也愈大，阿德的退役随即招来了很多指责：“为什么心脏不好还和我们篮网签约？NBA医疗条件那么好，不能坚持打完这个赛季再退役吗？”诸如此类的言语，铺天盖地。

阿德是球星，但他不是巨星，他从来没有成为一支球队的大当家，从罗伊到利拉德，再到邓肯和莱昂纳德，阿德所在的球队一直有一位能力更强的带头大哥。他为人朴素，不张扬，球场的闪光灯从来没有在他身上停留太久。他的球风偏软，作为内线的大个子，其篮下对抗始终被人诟病。而这次，从舍生取义的个人境界上看，选择退役的阿德也算不上是一位猛士。

但他活得真实。他的退役不禁让我想到了上个月过世的达叔。

吴孟达在自己最辉煌的时期一直身饰配角。六十几岁时他早已过气，但每天拼命工作的他仍能月入人民币六十万元，这和普通人相比已是高薪，可他还有七个子女需要接济，网上流传的一张他深夜工作后独自一人吃便当的照片令人感慨。他唯一一次真正成为主角的电影是 2017 年上映的《新乌龙院》，然而该影片票房惨淡。作为有某种情结的我，彼时还买了票到影院中观看，周围观众稀稀拉拉。那一刻，我没有看戏，心里想的全是人，关于人生。

我想，我们关注阿德和达叔是因为他们更像我们：有几分才华，兢兢业业，在工作中贡献了自己的力量；他们从未当过主角，却一直是配角中的最佳；他们被认为过得很幸福，但是其中滋味，恐非他人能体会；他们既是生活中的强者，也是生活中的弱者。

我又想到曾听过的一个故事。

在西方国家的一个小村庄里，一天傍晚，几乎所有的村民都到村上集中，因为著名的喜剧大师卡里尼将在村庄里进行一场演出。

卡里尼是多么幽默啊！他带给了太多人欢乐！

几乎每户人家都离开自己的房子来观看表演。

一位医生正在飞快地收拾东西，他也着急出门，而此时却来了一位外乡的患者。

“医生，请您帮帮我，给我开一点能开心的药吧！我真的太悲伤了。”患者说。

医生说：“我治不了你的病。但是你可以和我一起去看一场演出，喜剧大师卡里尼到我们村子来了。听说他可是有让每一个都笑出来的能力呢！”

患者听罢说道：“我就是卡里尼。”

这是一个出人意料、让人仔细回味又足以令人悲从中来的故事。难怪有人说：“幽默的本质不是快乐而是悲哀，极乐世界里是不需要幽默的。”可能人生就是这般罢——有些事，努力了很多，可能毫无结果；有些事，想做却不能做，进一步没资格，退一步舍不得；有的人，你给他讲一个笑话，他笑过，但是笑时的眼里仍有哀伤。

生活里有那么多的无可奈何，非常多的遭遇，是极难让我们愉悦或完全满意的，即使遇到了很快乐的对境，往往也持续不了多久。我们唯一能做的，就是找到自己真正喜欢的事情，对其倾注自己的热情，并不计回报地享受为此付出的过程。

阿德曾说过这样的话：“我很感激篮球给我的一切，那些美好的回忆，囊括了一切起起伏伏。你永远不知道有些事情什么时候会结束，因此请你保证每天都乐在其中，我可以真诚地说我就是这样做的。”

这一刻，有点明白阿德了，他早已为自己的职业生涯和人生释怀。喜欢这样的文字和人，他们谈不上伟大，对生活的理解却很透彻，他们有过不那么快乐或完美的经历，但依然抱有热情。生命中最深刻而真实的快乐，一定是建立在对生命不完满的本质有着清醒的认知和切实的体会之上的。最近抖音上流行快乐星球的哏，我想如果有人问我：“什么是快乐星球?”我的回答是：“想知道什么是快乐星球，你先要明白是什么淋湿了双眸。”

当我们在谈论篮球时，我们在谈论什么

——驳“FMVP的含金量大于MVP”

近日，腾讯体育的《有球必应》节目中抛出了“关于NBA中MVP与FMVP两个重量级奖项哪一个含金量更高”的话题，节目中业内资深篮球评论员杨毅、王猛、段冉、殳海以及当下炙手可热的自媒体雨说体育当家人徐静雨先生就这一论题展开激烈讨论。

其实多年以来，篮球界一直有一个约定俗成的观念，即FMVP的含金量大于MVP，此观点的最有力依据是：99%的FMVP都颁发给总冠军球队的表现最好的球员，而MVP则主要针对常规赛阶段球员的表现进行评选。竞技体育以取得冠军为最高荣誉，如果一个篮球明星不能率队完成最后的登顶，那么即使常规时间表现得再好，其球星成色也要大打折扣。

乍一看这一观点的权威性似乎不容置疑，但仔细思量，其实不然。

今日，我更愿意抛开对单一球星的深入剖析，不以个案为论据去观待这个话题。

我个人看来，比较 MVP 与 FMVP 这两个荣誉的含金量，可以有多个维度，不同的角度可对结论有不同的影响。但综合来看，若对 NBA 联盟的属性有所了解，并用心研究这两个奖项颁发背后的深层次逻辑，就会发现 FMVP 的含金量高于 MVP 的观点实属谬论或误解。

一、深研定义：两者都是奖项，而非球星的竞技水平

MVP 是英文“National Basketball Association Most Valuable Player Award”的简写，翻译成中文是“美国职业篮球联赛最有价值球员奖”；而 FMVP 是英文“Bill Russell NBA Finals Most Valuable Player Award”，即比尔·拉塞尔 NBA 总决赛最有价值球员奖（奖杯以球员比尔·拉塞尔的名字命名）。

由此可知，两者都是奖项。奖项的获得，当然也是球员实力的一种体现，但需要清楚的是，奖项的含金量与球星真实的篮球即战力，并不能完全画等号，也与该赛季最终的冠军归属无关。那么我们讨论的范畴，就应该限定在奖项本身，而非球员的篮球水平。

因此，这一话题有些类似于我们讨论“诺贝尔文学奖”与“世界最畅销文学书籍奖”哪一个含金量更高，而并非诺奖获得者和世界最畅销文学书籍奖获得者谁的写作水平更高。

搞清楚这一问题之后，既往的以“是否有足够的能力获得总冠军”为评判标准的观点也就从根本上土崩瓦解。

二、评选方式：MVP 更严格，FMVP 的主观性和偶然性更大

依据 NBA 官方的评选规则：

MVP 由美国和加拿大共计 100 位体育媒体人投票选出，

每位评委依据 82 场常规赛的球员表现，综合考量个人数据、高光时刻及球队战绩，共选出 5 名球员，按照第一位到第五位进行排序，从第一到第五的选票分值依次为 10 分、7 分、5 分、3 分、1 分。投票周期较长，通常在常规赛结束后一到两个月内完成。最后 NBA 官方汇总并统计每位获得选票的球员的总得分，总分最高者获得当赛季的 MVP。

FMVP 则是由 11 位体育媒体人依据总决赛 7 场（最多 7 场，7 局 4 胜制）的球员表现及总冠军归属进行选择，每位媒体人只能选择一位球员，且投票需在总冠军产生之后的当场比赛中快速完成，最终得票最多者获胜。

由此不难看出，MVP 的评选制度更为完善和严谨，经历的周期也漫长。从统计学来看，其样本量也更大，样本量越大，则最终统计结果越趋于合理。留给评委的时间越多，他们则越有机会收集资料并进行分析，这使得其评选结果相对客观。反观 FMVP，无论是在取样的数量上，还是在仓促的评选时间上，它都不占优势，这使得该结果的主观性与偶然性大大增加。

这样一种评选方式的不同，其实侧面还可以反映出 NBA 官方对奖项本身的重视程度，也符合人类活动的一般规律——评选流程越严谨、慎重，甚至烦琐，其评选的结果一定越重要。如此，又如何能说 MVP 的含金量低于 FMVP 呢？

三、获得条件：同为球员个人荣誉，MVP 与 FMVP 相比，FMVP 对团队的依赖性更大

从获得的条件来看，FMVP 的获得需要团队的加持更大，而 MVP 的获得对团队的依赖性则较小。

众所周知，FMVP 几乎均颁发给当赛季夺得总冠军的球队的球员（1969 年杰里·韦斯特除外），故而可以说，总冠军是获得 FMVP 的前提，而总冠军本身是一个团队的荣誉，是一个球队综合实力的反映。球队所处的城市的发达程度、球队经营与管理的能力、教练团队的智慧、医疗水平、训练场馆设施的完备性、球队 12 个球员的能力等，都会对该球队最终能否获得总冠军产生巨大的影响。

因此可以说，影响 FMVP 获得的，不仅仅是球员的个人能力，更多的是团队的综合能力支撑。

而 MVP 的获得，不需要以总冠军作为先决条件，其更看中个人表现，球队战绩则作为第二标准，从这一角度来说，MVP 更能反映出球员个人的真实能力。

但 MVP 与 FMVP 又都是个人奖项，而非团队荣誉，在这一点上，受到其他团队条件的辅助或制约越少，则其奖项含金量越高。

如果打个比方，把两者都比作企业的员工，MVP 像是全公司的个人销量冠军，而 FMVP 则是一个销售总量最高的部门中，销量最高的人。就个人层面而言，显然前者荣誉则更高。

当然，也有不少似乎有大局观念的人会认为，后者更伟大，其实不然。作为球员，如果有帮助整个球队全方面提升的能力固然更好，但究其自身职业要求与定位来讲，他要做的是成为更好的自己，而如何能获得更好的场馆、队医和队友则更像是球队总经理要思考的问题。

须知，无论 MVP 还是 FMVP 都是个人荣誉，其奖项的评选是以球员个人的赛场表现本身为主要切入点的。

四、逆向思维：如果说 FMVP 的含金量更高，他为球员职业生涯发展或个人实际利益比 MVP 多带来了什么？

有的时候，一些话题或词句本身就带有一定的模糊的、虚无的属性，“含金量”一词也不例外。若想比较两个奖项含金量的高低，除了在 NBA 整体的背景和语境当中思考外，更应该细化和落实到球员个人的切身利益之中。

有一定人生阅历的人都明白，一些奖项是虚名，而一些奖项的背后则是巨大的实惠。NBA 是竞技体育的赛场，同时更是一个商业的联盟，所以我们在谈论奖项含金量的时候，不能忽视其商业价值。

对一名 NBA 球员来说，他们的商业价值大体可以从其与球队签订的劳资合同中的工资收入去判定。

在联盟中，薪水与球员年资及球星层级息息相关，这一点与一般企业无二，工作年限长、职称高的员工，工资相对较高。在 NBA 中，最低的劳资合同是新秀合同和老将底薪。新秀球员只可以签新秀合同，一般为期三年，这三年期间他们的年薪很少；而年龄过大，运动能力下降的老球员，薪水也很低微。

而除了这一普遍规律之外，NBA 还存在很多条款，用于对待一些超级天才，这有些类似于我们的特殊人才引进或破格提拔，其对应的工资也大幅提高。

其中，最著名的就是《罗斯条款》，它规定：在新秀合同期内当选过 MVP，或者是两次以首发身份入选全明星赛，或者两次入选年度最佳阵容的球员，有资格利用该条款拿到一份大合同。

根据《罗斯条款》不难发现，MVP 被列为可破格签约大的劳资合同的第一资格，而 FMVP 则不是。就这一点来看，非常显而易见，在 NBA 这一本质属性为商业的联盟中，MVP 的含金量远远高于 FMVP。

另外，在分别获得 FMVP 和 MVP 荣誉的球员对比中，球星层级也可见一斑。此处举的例子限于近 35 年仅获得 MVP 而未获得 FMVP 和仅获得 FMVP 而未获得 MVP 的球员，而两个奖项均获得的球员，不在讨论范围。

近 35 年获得 FMVP 而未获得 MVP 的球员：詹姆斯·沃西、乔·杜马斯、以赛亚·托马斯、昌西·比卢普斯、德怀恩·韦德、托尼·帕克、保罗·皮尔斯、安德烈·伊戈达拉、科怀·伦纳德。

近 35 年获得 MVP 而未获得 FMVP 的球员：查尔斯·巴克利、大卫·罗宾逊、卡尔·马龙、阿伦·艾弗森、凯文·加内特、史蒂夫·纳什、德里克·罗斯、斯蒂芬·库里、拉塞尔·维斯布鲁克、詹姆斯·哈登、扬尼斯·阿德托昆博。

对比以上两组名单，获得 FMVP 而未获得 MVP 的球员固然不乏托马斯、韦德、莱昂纳德等巨星，但也有相对黯淡的杜马斯、帕克、伊戈达拉等一般球星。而获得 MVP 却未获得 FMVP 的球员名单，无一不是一等一的超级巨星，甚至不少是划时代的历史级别的天王巨星。综合两组名单来看，第二组的球星无论成色还是整体职业生涯成就、薪资收入及球迷数量，是第一组难以望其项背的。

五、关乎人生：不以成败论英雄。当我们在谈论篮球时，我们到底在谈论什么？

其实，上述分析对于一个普通身份的球迷来说，只是帮我们理解 NBA 两个最重量级奖项的一种辅助，我相信，绝大多数球迷看球，看的不是这些所谓理性的分析，而是自己所喜爱的球星的赛场表现。我们看的是一次次高难度的得分、一回回振奋人心的绝杀、一个个神出鬼没的助攻传球，是热血的封盖，是激情的篮板球表演，是我们喜爱的球星的高光时刻。同时，我们也关注偶像的场外生活，为他们的个性所打动，我们也同他们一起经历伤病，为他们祝福与祈祷。

每一个偶像，一定是球员中的明星，但他们，不一定是最终的胜利者。

徐静雨老师前几日曾发表一段视频，谈到《灌篮高手》的不完美结局，湘北没有成为全国冠军，赤木也没有被森则体育大学录取，樱木花道饱受伤病侵袭……他说道："这就是为什么《灌篮高手》的艺术成就远非其他一般的动漫可比，因为它宣说了一种现实——篮球，对大部分人来说，只是生命的过客。"

其实当我们还年轻的时候，我们谈论篮球、谈论 NBA、谈论 MVP 与 FMVP 时，我们谈论的就是我们自己的青春。每一个热爱篮球的少年都有过从事职业篮球的梦想，而实现者寥寥，但并不因这寥寥，就抹杀了我们心中的美好。当我们回顾学生时代，也许我们怀念的不是自己考了几次第一，更多的是一个当时的知心朋友、一次逃课的经历、一次取得亚军的篮球赛……青春本不完美，但青春却很美，年轻人一直在失败中成长，同时也因为年轻，他们的人生还根本谈不到失败。

而当我们长大，对成就的理解则应该更宽博，价值的取向亦不应单一。有的时候，最后的胜利是属于少数人的，但不代表只有这些人才是最伟大和唯一值得尊敬的。同样，评判一个人的价值也是多维度的，这样才是正常的，世界才是精彩的。

与其说当我们谈论 MVP 与 FMVP 哪一个价值更高时我们是在谈论什么，不如说我们应该思考当我们在谈论两者之时，我们应该谈论什么，谈论什么才能把这一话题升华，当跳出 NBA 的赛场，怎样的思考问题的方式对我们的现实生活更具价值和意义？

莫以成败论英雄。让我坚定地支持 MVP 含金量大于 FMVP 的最大理由就是：对人生的评价，不应该以所谓最终胜利作为唯一的指导思想。

NBA 对于一个篮球迷的意义

个把月前，NBA 火箭队总经理莫雷一语激起千层浪，刹那间网上一片口诛笔伐。NBA 季前赛在国内一度停播，从不少网友的慷慨激昂的态度来看，似乎很多人已做好了与 NBA 老死不相往来的决心。

作为一名 NBA 十几年并不算资深但很铁杆的篮球迷，我一直对此事持密切关注又平淡观望的心态。密切关注，是因心之所系；平淡观望，似乎是缘于早已料到结局。和友人谈及此事，我曾说此闹剧最可能的结局就是逐渐淡化风波，而后不了了之。两周前亦写过一篇文章，名为《动荡的 NBA，不变的篮球迷》，其中也表达了我的观点：篮球无错，NBA 不会也不应该长期停播。

果不其然，10 月 23 日，NBA 揭幕战，洛城德比，万众瞩目，腾讯直播，一如往昔。

之前的文章，引用了一些权威数据和材料进行了分析，简要论述了 NBA 停播对中国的影响。当然，作为一名不懂政治、社会学和经济学的普通球迷，我的观点肯定是片面的。而这些论断，再次回味、反思，似乎也并不直接关联到我们个体的生活。

直到今天吃早饭之时，一个场景，让我对此闹剧又有了新的理解。

家门口的沿街商铺新开了两家早餐店，生意都很红火，我亦是其中一家的常客。今早，照例在店中坐下来，叫了三块钱的烙饼，一碗豆腐脑，这是我的标配。边吃边听善谈的老板与其中一位食客的闲聊。通过他们的交谈得知，该顾客是一名货车司机，工作辛苦，前一晚刚从外地归家，凌晨又干了一个小活儿，得空吃个早餐，稍作休息后马上又要到外地送货。

司机吃得挺快，风卷残云，吃毕便到货车上休息。我缓缓吃完自己的饭，付钱，离去时经过这辆车，瞟了一眼：师傅正悠闲地把脚翘在车前挡上，认真地在手机上观看 NBA 的比赛。

就在这一瞬间，我更加确信了 NBA 对于一个平凡的篮球迷的生活的意义。

看了看时间，我加快了脚步，要抓紧时间回家工作一会儿，因十点半还有我最爱的洛杉矶湖人的直播。

麻烦给失意的人来一杯 Mojito

——我为什么说麦克·德安东尼是伟大的主教练

某支球队被湖人淘汰了。

作为勒布朗·詹姆斯的资深粉丝，湖人的晋级我自然是高兴的。而同样作为 NBA 的铁杆球迷，心中始终有个声音在告诉我：格局不要那么小，也要关注其他的球队和球星，特别要怜惜那些失了意的人儿。

是的，我一直是这样做的。没错，我承认自己的确是个百花齐放的博爱的人。

算了，还是不开玩笑了，这本是一篇深情的文章，我不可以让幽默的文风毁掉我本该有的深沉。

说起被淘汰的这支球队，这一年整得挺惨淡。因为不当言论，瞬间被中国球迷集体抵制，甚至在中国失去了真实的队名，取而代之的称谓是某支球队、休斯敦×××队、马赛克队等。加之打包克里斯·保罗和三分之一的队员交换威少，交易唯一的中锋卡佩拉等一系列迷之操作，本来志在冲冠的这支球队，仿佛一下变得离重建越来越近了。

特别是被洛杉矶湖人连胜四场之后，这支球队本就所剩不多的球迷也纷纷倒戈，开始批评谩骂，从老板和管理层，一直骂到球员与教练组，无一幸免。

面对此，作为一个眼睛见识了大风大浪，心脏经历过大起大落，情绪体验过大喜大悲的十几年的老球迷来说，我早已不足为奇。几家欢喜几家愁，每年到了赛季的这个阶段都是如此。

今天我不想谈费老板、莫总，也不想谈登哥、威少，而想聊一聊我心中的主教练麦克·德安东尼和他的魔球理念。

其实我挺喜欢这个固执的老头儿。

曾几何时，他是球迷心中有着很重分量的老一辈教练的代表。在那个时代，同一类型的教练有禅师菲尔·杰克逊、小诸葛波波维奇、神算子帕特·莱利以及拉里·布朗、杰里·斯隆等。如今，老帅斯隆驾鹤西去，除波波维奇外其余几位也早已从帅位退休。这几年，随着三位顶级大前锋的归隐，四大分位的退役，那个青葱的年代，恍然逝去了。

加之今年春天，飞侠陨没，篮坛震动，那一瞬间，“80”“90”的青春彻底宣判结束。

这个时刻，能把而立之年的篮球迷与那个美好的年代牵扯到一块的 NBA 元素，实在是所剩无几，而麦克算是其中一个。

作为一名 NBA 主教练，他无疑取得过斐然的成绩：2004 年，带领菲尼克斯太阳队打出 62 胜的战绩，常规赛排名第一并杀入西部决赛，个人获得年度最佳主教练称号。2017 年，带领某支球队打出 65 胜的战绩，个人再次当选年度最佳主教练。在他的执教生涯中，其手下球员斩获过 MVP、得分王、助攻王等顶尖荣誉，入选全明星、最佳阵容更是不在话下。

同样，作为著名的主教练，始终没能带队染指总冠军，甚至从未杀入总决赛的遗憾，也成为十几年来他被人诟病的最重要一点。麦克·德安东尼是否能被列入最顶尖教练行列呢？这一点，从太阳队时期的颇具争议，到今天似乎已有定论：德安东尼是好教练，但他完全不足以和红衣主教、禅师、波波等相提并论。

麦克·德安东尼之伟大或失败，都源自其魔球理念，源自其对小球、跑轰的痴迷。

在2004年的太阳队，麦克教练就颠覆了以往篮球的打法，他抛弃大个子，不再使用传统的站桩式中锋，而是让身高只有2.08米的斯塔德迈尔与2.01米的肖恩·马里昂担当内线。而当时，他们的对手是2.26米的中国“小巨人”、体重300斤的“奥胖”和身高2.14米的“石佛”。在联盟中锋与二中锋平均身高都超过2.10米的十几年前，这两位的身材的确有些迷你。加之球队的外线控卫是加拿大白人纳什，昆廷·理查德森与乔·约翰逊司职锋卫，第六人是有巴西闪电之称的巴尔博萨，全队的主力球员没有一个人的身材特别高大。

篮球是巨人的运动，这是业界的共识。但德安东尼反其道而行之，他用独树一帜的战术体系最大限度地发挥了小个子的速度优势——2004年的菲尼克斯，没有阵地战，没有肉搏式的防守，甚至没有前场篮板球，他们做的只有跑，不停地跑，每个人都在向前场冲，对方立足未稳，太阳队便是一记三分。人人能跑能投，在两届MVP得主史蒂夫·纳什的组织下，“小霸王”斯塔德迈尔与“骇客”肖恩两翼齐飞，各种空中接力令人眼花缭乱，在联盟掀起了一阵快打旋风。

这种观赏性极强的打法瞬间抓住了年轻球迷的心。随着时代的发展，人们的生活节奏越来越快，人们越来越躁动，年轻人越来越渴望张扬个性，这一切，与“跑轰”的气质不谋而合。在那个乔帮主退役、OK组合解散的年代，当圣安东尼奥的厚重、犹他的韧劲与底特律的铁血不再为人们津津乐道时，是德安东尼教练的小球，让 NBA 重新焕发了活力。一时间，菲尼克斯太阳队风头无两。

然而，好看不一定好吃，中看不一定中用。虽然太阳队一直在常规赛战绩卓越，但在季后赛的生死搏杀中总是表现不佳。在一次次冲击总决赛的历程中，当坐拥 MVP 与最佳主教的太阳队一次次在分区决赛中折戟，斯塔德迈尔一次次败给蒂姆与德克这样的大个子时，凤凰城的人心碎了，小球的支持者梦醒了。

“小球打法永远无法夺得总冠军，德安东尼不是一个好教练，他只是一个疯子。”负面的论调铺天盖地而来。

不出所料，太阳队与德安东尼曾经彼此成全，度过了最甜美的一段时光，但他们已不再互相信任了。德安东尼离开了太阳，开始了流浪的日子——洛杉矶、费城、纽约，这位有着“绅士大盗”美誉的老人也北漂了（在北美漂）。

直到 2016 年，某支球队宣布聘用德安东尼为主教练，携手现役第一得分后卫——得分王胡子球手。

彼时，史蒂芬·库里已横空出世，以精准的持球三分远射带动球队，获得了总冠军，成功地走出了一条属于自己的小球之路。似乎，小球的确可以夺冠，人们又对德安东尼执教的某支球队抱有了无限期待。

四年间，坎坎坷坷，轰轰烈烈，某支球队让人欢喜让人忧。德安东尼还是没能证明自己，直到被湖人淘汰，就出现了文章开头的一幕——那些骂声又来了。

很多人质疑德安东尼的能力，也有不少人说他无脑，说他不懂篮球运动的本质。对此论调，他淡然一笑。

今早读了杨毅老师的文章《德安东尼就是拍了部纪录片》，里面写道："那您说，像我们这样的篮球评论员，您这样的篮球爱好者都能看明白的事儿，德安东尼这样的顶级主帅，他能看不明白？我也不信他看不明白。但你看，德安东尼整个的执教生涯，这的确就是他的风格和始终追寻的目标。"

深以为然。

"称霸篮下就是称霸全场"，"控制篮板球就能控制比赛"，这些《灌篮高手》中经典台词所宣扬的道理，连中学不会拍球的女学生都能明白，又何况是 NBA 的主教练呢？

对于这样一位名帅的解读，显然不能在这样肤浅的层面。德安东尼的小球，实际上是一种选择和态度，是一种敢于冒天下之大不韪的精神：我就是要和传统的观念对抗，我不愿也不甘于用老套的方法去打篮球。在德安东尼的眼里，比赛方式的权重超越了比赛的结果，篮球的意义超越了胜负。

对于功利的现实主义者来说，德安东尼是个彻头彻尾的失败者，但在浪漫主义者眼中，德安东尼魅力无穷。

其实，我们的世界就是在浪漫与现实的碰撞与激突中，才变得缤纷起来的，不是吗？

如果因小球和不能夺得总冠军去否定麦克·德安东尼，也就是在否定获得扣篮大赛冠军的 1.68 米的斯巴德·韦伯，就是在否定数次夺得分王的 1.83 米的阿伦·艾弗森，NBA 的很多美丽时刻，也因此失去了存在的意义。总冠军只是一个结果，我们看 NBA 绝不只是看冠军，而是那些有个性的平凡又不凡的人和事，让我们爱上了篮球，正是这些励志的人物和事迹在激励我们，让我们这些平凡渺小的人的生活也有了强大的勇气和精彩的可能。

我曾试想，也许当我们老了，能够以更平和的心态看待人生的成败时，我们对比赛的胜负也早已没有了执着，也许那时，连 NBA 都也落幕了。当一切作古，我们再回味当年，还会以失败者的论调去评判这位敢为天下先的主教吗？

篮球对人生的启迪意义，绝不只关乎胜败。莫以成败或利益作为人生每一次选择和评判的唯一标准，用心生活的失意的人，他们也配得上一杯 Mojito。

《灌篮》和那个年代

深夜睡不着，因为惊闻《灌篮》停刊了，虽然知道这是早晚的事。

记得读高中的时候，经常是我买一份《篮球报》，橘子买一份《篮球先锋报》，期期不落，于健兄偶买《体坛周报》，我们看完后互换，同学们也跟着沾光传阅。母亲之前在学校的阅览室工作，我放学后或午休时经常去看书，看得最多的杂志就是《灌篮》。

那个时候每时每刻都想打球，逃课也去打，疯了一样。那个年纪很狂，连买个海带都能走出买海参的步伐。觉得自己在球场上能防住任何人。有一次打球，防的人上篮进了之后还拍了一下篮板，对方乘机刚要起势，立马就被我给当头棒喝了——下个回合我毫不留情地赏给了他一个火锅，扇完之后还问他："你知不知道你自己免贵姓甚啊？"

大约五年前去北京，回到美术高考前学画的地方看看，还买了一份《篮球先锋报》，而那时在南京早已买不到这份报纸了。管庄大院，那是一个远得快到了通州的地方，那里差不多记载了我中学时代最快乐的时光。画室早已搬家，篮球场没有了，走进大院对面的巷子，彼时常去的东北老乡开的小吃店也换了老板。曾经我最爱他们家的宫爆鸡丁盖饭，但我是只喜欢吃花生米的，老板曾问过我："为啥每回来点宫爆鸡丁都让加很多花生米？"我说："别问为啥这么任性，家里有这条件。"

如今吃宫爆鸡丁，有的放很多鸡丁，有的放很多黄瓜，有的竟用土豆丁代替了花生米，加很多花生米的店却再也没碰到过。再想读《灌篮》，看来今后也找不到了。

我对时代的变迁极度不敏感，只有当很多原来身边的东西在某一时刻突然同时找不到的时候，我才深深地觉知：原来一个时代正在逝去。

现在长大了，球打得少了，对人家进球挑衅也变得麻木了，更不会再问人家免贵姓甚，取而代之的是"好球，好球"。或许是老了，连多吃了几粒花生米都怕发福。自己的长相也越来越安居乐业，越来越闭关锁国，若有机会再进入学堂，如果班级有人逃课，班主任想必都不会再怀疑到我的头上了。

深夜突然想到这些，真的是让人感到很慌啊。

（附）高中兄弟——橘子的回复

《灌篮》在上学时那可是奢侈品，就跟现在的苹果手机一样。但是能回味的不是苹果手机，而是同样奢侈的《灌篮》——回味的是那段青葱岁月，是那段往事随风，亦如歌曲同 CD，又如游戏跟学习机，更或是爱情与红楼。所有的一切都是过眼云烟，失去的多了才知道回味，离别了方知珍惜：当初没时间看 NBA，成天学习，现在有时间了，却再也没看过，貌似已经到了且行且珍惜的年纪了。

社会已经打磨掉了棱角，越跑越快了，也越滚越远了，我终于变成了我当初最讨厌的自己……

真的希望忽如一夜春风来，梨花真的都开了。

五　这里没有诗，但希望有远方

不会写诗，但是会分行，也能从容地敲击键盘上的回车。

有人说，把一段话多分几行就是诗。虽然这种理解不太科学，但是也不无道理。

分行，就表明停顿变多了。走走停，如果我们能让快节奏的生活多停一停，那么日子就有了诗意，无聊的时光也就多了一点滋味。

生活不止眼前的苟且，还有诗和远方的田野。诗能不能带人去到远方我不知道，但至少，有了诗，我可以苟且得心安理得。

番茄炒蛋

木须柿子，番茄炒蛋
火山芙蓉，滚滚红尘

这道菜有许多的名字

番茄产自南美
在西方是佐餐的酱料
炒鸡蛋是中国人的发明
这道菜有悠久的历史

那是一个简单的年代
在外婆家里，他第一次认识这个红果
“这是洋柿子”
真的是好土的洋名字！

煎鸡蛋油不能太少
番茄不可以炒得太老
复杂的烹饪技巧，还有那些关于
番茄炒蛋背后的故事
没有一个孩子知道

一个纯真的年代！
比今天最诱惑的口红
还要红的番茄
比最纯粹的黄金
还金黄的鸡蛋
他最爱的晚餐
那个年代

眼睛里盛的东西和杯子里的东西
是一样的
一汪清水，只有透彻
没有迷离
——为什么小孩子不可以喝酒？
因为小孩子不喝酒也可以很开心
实在是好完美的问答

那个年代，他不懂
大人饭桌上的觥筹交错

酒逢知己的
相谈甚欢
人际交往的
推杯换盏
都与他无关

他只知道一个人，在一旁
独自吃饭
裹着浓稠汤汁的番茄炒蛋，一把勺子
白饭，他端着小碗，心想
今天的饭菜真是美味

心头一念

雨后栖霞
好似一幅以七彩卡纸为背景的画
在素净的寺院，极难见到
这般多的色彩

连雨不知春去
一晴方觉夏深
有情众生总是如此
后知后觉

师父说，我们先到山上拜佛
心喜，欣喜，而又惭愧

万德庄严的毗卢宝殿
宁静的舍利塔
千佛岩中的千佛
手中磨平了按键的计数器和
被盘得发亮的
老佛珠

哦，当然

还有那颗依然
无法禅定的内心

树林荫翳，光从枝丫的缝隙中洒落
明镜湖上波光粼粼，这里
沉淀着众生的菩提梦

不知为何，这寺院的阳光竟让我
想到了酒
酒淡，却调得很醇，浅浅地
一股股斟在
一个个花形的小酒杯里
让人迷醉

闻闻看！腥不腥？
是师父的召唤
此时他手中正拿着一株刚采的鱼腥草
雨后的泥土腥，鱼腥草更腥
腥得令人清醒

无淤泥焉有荷花？
淤泥到底是染污还是滋养
全凭众生的见解
娑婆和净土，无明与般若
不过是同一红尘俗世的

一念之间

如果大海

这个夏天，终于有了海
我爱这样的旅行
穿上喜欢的，平日却不能
穿的衣服
买一张车票，收拾好行囊
一个人
说走就走

去到想去的地方
拍几张照片，录一段视频
写下心中的文字
记录着生活中忙里偷闲的
琐碎，为这本就该虚度的光阴
留下一些证明

这一天，沙滩很烫
海水很清凉
海边傍晚的风
把日子变得柔情

倘有人问我最快乐的事
我想，我会说
如果
大海

账如流水，心若潮水

在海边旅行
海洋馆里看到很多水母

它们晶莹、透明
好像漫无目的，又好像
哪里都是它们的目的
皆若空游无所依的姿态
在灯光的映衬下，越发
美轮美奂了

水母身体的百分之九十五都是水分
其余是蛋白质和脂肪
它们与水的成分是如此接近！

我想，正是因为二者的界限极小
这些生灵

才会在水中呈现出这般的
柔软与自在

心也是这样
如果我们的心可以更加柔软
心与他人、与世界的
界限很小
那我们也可在红尘中
达到自在的境界吧

走不出自己的执念
到哪里都是囚徒

潮涨潮消，来来去去
心的念头也如潮水般
生生灭灭
一切海潮不离大海
一切念头无有实意

写作与拍戏时
人们常说：
记流水账不好
因为没有中心

但其实，在生活中

若我们的重心太过单一
这个重心，一定会成为
囚禁我们的东西

试试把心打开
让每天多几个目的地
坏情绪就没那么容易抓住你

八月秋浅

又一段闭门不出的日子
仿佛一切，都慢下来
南京又成了旧时的王谢金陵

自己与自己相处
体会着难得的
安宁与寂静
读书随处净土，闭门即是深山
当万籁俱寂，直面
自己的心灵
习惯了在滚滚红尘中随波逐流的人儿
不知此时的内心
会有怎样的感受与体悟呢

有人说，秋是收获
是成长，是希望
当然没错

但是，没有智慧的
成长并非喜悦
从前喝一瓶可乐就可以
很快乐
如今要喝五瓶啤酒
才能不那么难过
这样的人生
比比皆是

而希望呢
单纯地空想般的希望
——一种绝妙的自我欺骗！
我们在等待
在等待什么？等待
戈多。还是等待命运

上帝不会因我们无所事事
而奖励我们
从炎炎夏日，到八月秋浅
我们可以有一点点希望
有一点点贪心

但在此之前
应该付出更多辛勤的汗水和
真诚的热爱

五一假期卧看高速路堵车

五一小假，蜗居在家
不逛景区，不驾车马
不喝啤酒，不吃龙虾
小米锅巴，一盏清茶
德芙黑巧，纵享丝滑

猫屎铲铲，被子摊摊
新闻看看，“农药”玩玩
佛号念念，经书翻翻
光阴瘦瘦，指缝宽宽
红尘滚滚，但求心安

注：“农药”指手游，王者荣耀。

六　意想不到的后记

——We Chat Moment

偶然一日，翻看自己的微信朋友圈，发现这些简短的文字，原来是很多文章的灵感来源。在那简短的未经打磨的字句中，直抒胸臆，似乎也表达了自己对待人生的一些态度。

就好像一个画家的速写本，零零散散，边走边画。这为他日后的创作提供了基础。

原来发朋友圈不是玩，而是干事业。

1. 南林书法协会 32 岁了，比我小一岁，今天回到母校，以校友身份参加成立大会。犹记 2013 年，随吴老师、朱老师到南京市美术馆布置南京市书法篆刻精品展［南京市书协（南京市书法家协会）与南京市青书协合办（南京市青年书法家协会）］，那是我第一次入展，也是第一次走出校园正式参加书法活动。彼时正值盛夏，老师们穿衬衫，我穿运动 T 恤，跟在老师身后。老师背后衬衫上的汗水，永远是我懈怠与迷茫时的不竭动力。

（2021 年 11 月 6 日，南京林业大学书法协会 32 届理事会成立大会，受吴勇老师邀请回校参加）

2. 喜欢夜晚的球场。放着音乐，球的啪啪声，叫喊声，好像兵荒马乱的青春——呼啸而过。从二十岁到如今的三旬老汉，篮球场可能是唯一人多且嘈杂的，却不让我心生厌烦的场所。

（2021 年 11 月 2 日，深夜球场，很多人。喜欢这种躁动的街头的味道）

3. 你要控制他的一生，还需要他有一种迎战困难的自控力，这不是个悖论吗？

不要认为自己可以给另一个人带来幸福，也不要把自己的幸福寄托到任何一个人身上。这个世界，没有一个人应该或能够对另外一个人的幸福负责任。

（2021 年 10 月 7 日，突然有感于当代的教育、亲子及家庭问题）

4. “安得广厦千万间，大庇天下寒士俱欢颜。”儿时学的古诗，诗人的胸襟和愿力，今日每每回味仍热泪盈眶。

（2021 年 9 月 24 日，南京日报发布《坚持房住不炒，推动租购并举》一文。点赞）

5. “天若无雪霜，青松不如草。”每一个日子，没有也不必要轻而易举，生活若给你风霜，必是为你的梦想增添一份厚重。握拳！

（2021年9月20日，中秋节。人民日报公众号推送一篇漫画《中秋节的“谎言”》，谈到年轻人在外奋斗的不易，对父母总是报喜不报忧）

6. 年纪大了，只有搞艺术创作才能刺激我的多巴胺分泌了。

（2021年9月12日，小西湖街区采风，为短视频创作积累素材。全神贯注，沉醉其中）

7. 不仅娱乐圈，体育圈的球迷也有饭圈化的趋势。圈里的人容不得一点点他人对其偶像的质疑。其实不论影视作品、综艺节目还是球赛，本身都是为娱乐观众，既然如此，作品和作者必然要接受某种程度的批评。只要观众的批评在尊重当事人的基础上，有证据和逻辑依据，不是无端中伤，就不能算是“黑”。节目是为大众服务的，难道观众连一句批评的话都不能讲吗？竟然避讳到如此程度？很多粉丝已然主次颠倒地忘了一件根本的事——我们不是在跪着看戏。

（2021年9月2日，有感于“饭圈”文化）

8. 七夕快乐。看到宋丹丹老师在2011年情人节发的微博，明白了她为什么可以成为巨星——舞台的大小和心的大小有关。我想，每个人都有选择自己人生的权利，不要因为别人没有按照你的意愿生活而怨恨。

（2021年8月14日，七夕。偶然读到宋丹丹老师十年前情人节发的微博：如果有一天，六十年婚龄的父母说他们要离婚，在美国的女儿宣布同性恋，老公告诉我得了艾滋病，儿子抱回了他的私生子……那一天，我依然会拉起他们的手，搂住他们的肩，对他们说我还在这儿！因为我是真爱你，所以你有真自由，人生很短，你的人生你做主！情人节快乐！）

9. 感谢有这么多人对医护人员与志愿者的关爱。“为众人抱薪者，不可使其冻毙于风雪。”

（2021 年 8 月 9 日，南京疫情反扑，医护与志愿者挺身，新闻报道中有饭馆包了饺子送给这些卫士）

10. 中午一碗蛋炒饭，吃出男人的浪漫。

（2021 年 7 月 8 日，一个人的时候也要好好吃饭）

11. 咖啡只喝美式的，据说是硬汉专属；书只读哲学的，据说是直男专属。

（2021 年 7 月 3 日，暑假上课，中午在漫咖啡休息）

12. 没什么烦恼是看一看大海消除不了的。如果有，那这个烦恼你就别想消除了。

（2021 年 6 月 24 日，在日照海边）

13. 巅峰产生虚伪拥护，黄昏见证真实信徒。不为盛名而来，不在低谷而去。

（2021 年 6 月 4 日，NBA2021 赛季季后赛，偶像勒布朗·

詹姆斯已经36岁高龄。其领军的洛杉矶湖人队首轮被淘汰出局）

14. 做完了一天的功课，我们来尽情欢乐。

（2021年6月3日，喜欢一个人的深夜球场）

15. 忙了一天，和朋友在湖边小坐，谈到了这几日的热门词“躺平”。很多时候，拼搏许久，却未必有回报，蓦然回首：星光与君皆负我，也无山色也无波。的确令人唏嘘。

可我还是选择精进。在努力的过程中，梦想也许会实现，也许不会。

但总有一些伟大的事情会随之发生。这就是不躺平的意义。

（2021年6月2日，有感于当时热点话题“躺平”）

16. 我：这杯茶很好看。灯映在水里。照亮了。

师父：也好喝。

我：这家的素面真好吃。

师父：《一碗素面》嘛！（《一碗素面》是我出版的第一本文集的名字）

我：PPT做好了。我不太会设计版面，平时自己的PPT都

不怎么放图片的。（师父到南京市佛教协会授课，我帮忙做课件）

师父：已经很好了。

我：看来我们都是直男啊！

师父笑。

我：师父我给你讲个笑话。我有个朋友信佛，脖子上老挂着一袋铁观音。

师父哈哈大笑。

师父送我书法作品“云水”二字。

我：云水禅心，师父是在提醒我不要忘了禅心吗？

师父：那是你自己的理解。

翠竹黄花皆佛性，白云流水是禅心。（合十）

（2021年5月11日，中国佛学院栖霞山分院与师友静贤师父相处一日）

17. “要尽情地去梦想，然后努力去实现。如果要赌在一个人身上，那就赌你自己。”谢谢这二十年你教会我们的。

（2021年5月16日，美国当地时间2021年5月15日，NBA球星科比·布莱恩特入选奈史密斯篮球名人纪念堂。然而此时科比已与这个世界天人永隔）

18. 读《沉思录》陷入了沉思，书拿倒了浑然不知。读一本好书，可以改变一个人，至少，能让人变得幽默。

（2021 年 4 月 23 日，世界读书日。拍了一张倒读书的照片，其实读书不仅仅带给我们知识，能取悦自他很重要）

19. 这是一家小店，几年来翻新过几次，环境、桌椅和餐具的样式都换过，唯独面条的味道没有变过。老板说开这样一家面馆就是他最快乐的事。不禁想到了那句话："我做了这么多改变，只是为了我心中不变。"寻常的人间烟火中有大境界。

（2021 年 4 月 1 日，愚人节。南京阴雨，不想烧饭，到家门前的面馆吃一碗素面）

20. 圣诞不端饺子碗，耳朵冻掉没人管。

（2020 年 12 月 25 日，圣诞节。洋节可以土过，在中国什么节吃饺子都没毛病）

21. 今天是冬至，还是国际篮球日。吃了饺子，没有打得上篮球。

年轻的时候，篮球场是一个避难所，所有的害怕、委屈，在走上球场的一刹那，都烟消云散了。我也曾把篮球想象成月亮，好像每一次投篮，那道光明的抛物线可以驱散夜路上的许多迷雾。

人生需要有一个光明的目标。如果你瞄准月亮，即使迷失，也在星河之间。

（2020 年 12 月 21 日，冬至。夜晚路过球场，月亮正在篮筐的上面，好像篮球入筐的样子）

22. 即将迎来一下午的说文解字课，太有深度的课程。我真的能不睡着吗？我真的可以做到吗？寒冷的初冬，温馨的咖啡店，暖黄色的灯光，如梦的城南旧事，喝着星巴克的人仍然哈欠连天……这慵懒的，令人无法不犯困的礼拜六。

（2020 年 11 月 28 日，在南京书画院参加言恭达老师抱云堂书院的学习。说文解字课实在考验人的定力）

23. 2008 年到南京，最喜欢去的地方就是美术馆。喜欢看画展，十几年了。看画，有一点专业的门槛，没有一点素养的话是完全看不进去的。

好的画，让你能看进去，可以通过无字的艺术语言，寻溯作者原初的创作意图，而在观者的似有所悟中，这线索又变，完全不似你当初预料的那样。“山回路转不见君，雪上空留马行处”，余下的形象，都在你的联想中。

走出展厅，想想，其实现实中的景象何尝不是若有若无呢？好似舷窗外的世界，一切都是静谧的如梦如幻。

（2020 年 10 月 21 日，江苏省美术馆看展）

24. 七夕吃素，吃完解忧。

（2020 年 8 月 25 日，七夕。朋友请到鸡鸣寺素菜馆吃饭，菜馆所有房间都以佛教词汇取名，厕所名为“解忧”）

25. 起起落落橙的球

是跳动闪烁你的眼

是忐忑不安我的心

（2020 年 8 月 25 日，七夕。南京奥体中心举办三行情诗比赛，要求诗中带有体育元素。投稿并获奖）

26. 起来搞点小点心“778”。创意拼盘：三阳开泰。

（2020 年 5 月 26 日，突发奇想了一个水果拼盘。三阳开泰为杨梅、阳桃、羊角蜜瓜。778，即吃吃吧）

27. 边啃苦瓜边看书，哪个苦？哪个甜？

（2020 年 5 月 7 日，南京渐热，读书时生吃苦瓜消暑）

28. 封闭的日子，收到远方的朋友寄来的书。

（2020 年 3 月 1 日，疫情正盛，朋友和书是心安的助缘）

29. 据说，这个时候只有活儿好的人才坚守在工作岗位上。其余的都放假了。

（2020 年 1 月 22 日，春节前两天，我还在上课）

30.《现代快报》年货大集。在和曹老师的共同努力下，我们的春联福字成为年货大gai上生意最好的摊位，完胜隔壁的扬州富春包子。

（2020年1月17日，受老师嘱托，和学妹一起到年货大集写春联，现场很火爆，春联供不应求，年味渐浓）

31. 芳华不再，情义不改。12年了，会更久。

（2020年1月13日，相识12年，大学宿舍兄弟在南京小聚）

32. 枯枝、远山、落叶——我心中的《石门》。线条绵延，无始无终，似无来处，也无归途……

（2019年11月5日，在书房临习《石门颂》，正值深秋，窗外景色苍远高古，两者正相应）

33. 即使告别了春天阳光，你依然要开放。黄色彼岸花，每一天，都是前一天的彼岸。专注当下。

（2019年10月19日，学习累了，到玄武湖畔漫步，见到黄色彼岸花。彼岸是由此岸渡过去的，此岸是因，彼岸是果。查阅资料知晓，彼岸花为石蒜科石蒜属的植物，严格讲只有红色与白色两种，红色彼岸花名叫曼珠沙华，白色彼岸花名为曼珠罗华，相传是佛陀命名的。而黄色彼岸花为黄花石蒜，别名忽地笑）

34. 下厨烧菜——炒三国。红脸的关公、白脸的曹操、黄脸的典韦、黑脸的张飞。

（2019 年 2 月 23 日，西红柿、白萝卜、鸡蛋、黑木耳炒一盘菜。烟火中含着文化，锅铲间带着古人，我戏称此为“文人菜”）

35. 《一碗素面》鹤城站活动圆满。结识了很多新朋友，再和老朋友叙叙旧。每次回家，都非常快乐，感恩故乡，感恩大家陪我度过了一个不一样的生日。

（2019 年 2 月 8 日，生日，大年初四。出版的第一本书《一碗素面》与故乡的读者见面）

36. 伟大的艺术品背后必有伟大的愿力。

（2019 年 1 月 14 日，成都唐卡艺术中心索南达吉堪布工作室参学，千幅莲花生大士唐卡全球巡展活动进行中。堪布的大愿令人动容）

37. 《一碗素面》成都站活动圆满，期待下一站。感恩。一切福田，不离心田，守住一颗素心。

（2019 年 1 月 13 日，出版的第一本书《一碗素面》在成都签售。愿自己能在红尘中坚守素心）

38. 老屋、落叶，美丽但孤独的院子；小猫、皮球，一个为他们驻足的却不会摄影的人。

（2018 年 12 月 15 日，岁末课后，路边一瞥。眼中的景致

感动了我，拍照、记录）

39. 烦恼三千，过眼云烟。心禅落定，方寸之间。

（2018 年 12 月 12 日，初冬在南京壶心禅茶社参加“心禅落定”写经展览。书法、佛法、活法，生命中这三者早已密不可分）

40. ——您好，老师，我是从外地来的。看了今天的展览，觉得很好，附近哪儿还有美术馆或者博物馆啊？

——有的。您出门过马路就有一个六朝博物馆，很不错。同在长江路上，还有一个美术馆，也是省美术馆的老馆。不远处的四条巷有一个南京市美术馆，和南京市文联在一幢楼里，您导航一下，从这儿步行十几分钟能到。六朝博物馆要买票，两个美术馆都是免费的。

——谢谢谢谢，您知道的真多。

——您过奖了，我其实很无知。

（2018 年 8 月 29 日，在江苏省美术馆做志愿者的时光。读读书、写写文章、看看场子，服务游客的同时也逗大家开心）

41. 雪后南京，多了几分金陵的韵味。时光千古，文艺情怀永生不灭。

（2018 年 1 月 26 日，南京大雪，午后到颐和路上课。颐和路被称作南京最文艺的路）